Colección
AVENTURA SIN FIN - 12
de DUNGEONS & DRAGONS ®

La Torre de las Tinieblas

Regina Oehler Fultz

W0346931

Ilustración de cubierta: John Rosenfeldt
Ilustraciones interiores: Mark Nelson

TIMUN MAS

Para Jim, que comparte mis sueños.

No se permite la reproducción total o parcial de este libro, ni el registro en un sistema informático, ni la transmisión bajo cualquier forma o a través de cualquier medio, ya sea electrónico, mecánico, por fotocopia, por grabación o por otros métodos, sin el permiso previo y por escrito de los titulares del *copyright*.

LA TORRE DE LAS TINIEBLAS

Traducción autorizada de la obra:
An Endless Quest, Book - **Tower of Darkness**

Editada en lengua inglesa por:
RANDOM HOUSE, INC. New York. 1985
© 1985 T.S.R.® Hobbies Inc.
All Right Reserved.

I.S.B.N. 0-88038-204-X

«DUNGEONS & DRAGONS® y D&D®»
Son marcas registradas por **T.S.R.® Hobbies Inc.**

© EDITORIAL TIMUN MAS, S.A. Barcelona. España. 1986
Para la edición en lengua castellana

I.S.B.N. 84-7176-910-7

Traducción al castellano: **Marta Pérez**

Editorial Timun Mas, S.A. Castillejos, 294. 08025 Barcelona.

Impreso en España - Printed in Spain
Impreso y encuadernado por:
E.S.G., S. A. Lisboa, 13. Barberà del Vallès (Barcelona)
Depósito Legal B. 38.716-1986

Arrastrado por una alfombra mágica.

En el interior de la diabólica Torre de las Tinieblas, tu amigo Derek y tú estáis explorando una oscura estancia. De pronto la alfombra sobre la que descansan tus pies empieza a moverse y, antes de que comprendas lo que ocurre, te levanta por los aires.

Mientras te elevas a gran altura en el cielo nocturno, ves que la alfombra sobrevolará dentro de unos segundos la azotea de la Torre. Quizá podrías saltar en el momento preciso, pero si fallas te separa una considerable distancia del suelo. ¿Te atreves a saltar hacia la salvación?

¿Qué hacer?

1. Si decides que el salto es demasiado peligroso, pasa a la página 25.

2. Si prefieres arriesgarte a saltar a la Torre antes que seguir viajando en la alfombra voladora, pasa a la página 130.

Sea cual fuere tu elección, estás seguro de encontrar emociones sin fin mientras exploras La Torre de las Tinieblas

¡Tú escoges tu propio camino a la aventura!

¡ATENCION!

Este libro pertenece a la colección «AVENTURA SIN FIN», de «DUNGEONS & DRAGONS®». Entre sus páginas encontrarás la emoción de vivir muchas aventuras en tierras y reinos fantásticos, poblados de dragones, orcos, halflings, elfos, magos, etc.

Puedes leer el libro muchas veces y llegar a distintos finales, de modo que si tomas una decisión imprudente que te conduce a un fatal desenlace, retrocede al principio y comienza de nuevo.

Este relato contiene muchas elecciones: las hay sencillas, sensatas, temerarias... e incluso muy peligrosas. Estas elecciones las encontrarás siempre al final de las páginas.

Las páginas que no tengan elecciones debes leerlas normalmente, o sea, seguidas. Además, al final de cada libro encontrarás una relación y descripción de todos los seres extraños que aparecen en el relato.

Recuerda, tú eres quien toma las decisiones, tú eres el héroe y en tus manos está tu propia supervivencia.

En esta historia eres Garan, un joven campesino que está a punto de aceptar un reto... y no sabe si vivirá para lamentarlo.

Señalando con el dedo una antigua torre de vigilancia que se alza en medio del bosque, con su cima desnuda asomando entre los robles gigantes, Derek pregunta: —¿Qué es aquello?

Derek es un muchacho pelirrojo y pecoso que acaba de trasladarse a vuestro pueblo. Acompañado por tu hermano menor, Jean, le estás enseñando la vecindad.

—Es la Torre de las Tinieblas —respondes bajando la voz hasta convertirla en un susurro. Cruzas los dedos y lanzas una rápida mirada a la mole por encima de tu hombro. Se dice que la sola mención de la cara oculta de la magia puede atraer la temible atención del mal.

—¿Qué es la Torre de las Tinieblas? —inquiere Derek.

—Nadie lo sabe —explicas—. La llaman la Torre de las Tinieblas porque si te asomas al interior de las ventanas no ves más que oscuridad. Está en ruinas desde tiempo inmemorial. Nadie recuerda haberla contemplado cuando estaba en su esplendor. Lo único que saben todos es que es peligrosa.

¿Peligrosa? —repite Derek.

—Las piedras se están desmoronando, y la madera se ha podrido. Además... —titubeas un momento antes de proseguir—, además se oyen ruidos extraños en el interior.

—¿Qué clase de ruidos? —pregunta Derek abriendo mucho los ojos.

—Gemidos, gritos, y voces misteriosas —contestas tratando de ocultar tu creciente desasosiego con una fingida indiferencia.

No quieres contarle a este recién llegado que tu familia aprendió por una dolorosa experiencia lo peligrosa que puede ser la Torre. No quieres revelarle que tu madre desapareció entre sus muros hace dos años y nadie ha vuelto a verla desde entonces. Su recuerdo, aunque aliviado por el tiempo, aún te hace sufrir.

—Echémosle una mirada —sugiere Derek.

—No hay nada que ver. No es más que una vieja ruina —replicas, reticente a acercarte al lugar.

—No puede perjudicarnos darle un rápido vistazo —insiste Derek, escudriñándote—. ¿No estarás asustado, verdad?

—Por supuesto que no —mientes, temeroso de causar una mala impresión a tu nuevo amigo. Reflexionas unos momentos y añades—: Ya sé lo que haremos. Te mostraremos la casa de nuestra bruja local.

—No me interesan las brujas de pueblo —replica Derek con tono despectivo—. Sus conocimientos son limitados. En la ciudad de donde vengo vivía un auténtico mago; claro que eso no es nada comparado con la Torre de las Tinieblas.

—De acuerdo, un vistazo rápido —accedes al fin, incapaz de encontrar en tu pueblo algo que pueda impresionar a una persona que ha vivido en una ciudad con un mago genuino.

Derek y Jean te siguen por el sotobosque hasta el viejo camino que conduce a la Torre. La senda está cubierta de enredaderas y matorrales. Tu coleto y tus botas de gastada gamuza te protegen del follaje, pero tu holgada camisa y tus pantalones se enzarzan en las espinas de los arbustos de frambuesas.

—¿Por qué tardas tanto? —pregunta Derek cuando te detienes para liberarte de una espina que se ha aferrado persistentemente a tu manga.

Le miras con atención. Su ropa, que parecía nueva cuando iniciasteis la excursión, está ahora ajada. Su camisa, similar a la tuya pero de un algodón más fino, aparece surcada por jirones y agujeros. Su jubón y sus botas de piel presentan innumerables arañazos.

—Sólo intento tener cuidado —respondes, preguntándote qué se propone en realidad tu nuevo compañero. Sabes muy poco de él, sólo que hace pocos días vino a instalarse en el pueblo con su madre, que está muy enferma. Sumido en tus reflexiones, sigues avanzando hacia la Torre.

Poco después, estás al pie de la Torre, contemplándola y lamentando que Derek te haya convencido para guiarle hasta ella. Las sombras que proyecta el sol vespertino hacen que el lugar parezca más lóbrego e imponente que nunca. Tienes la incómoda sensación de que se avecinan problemas.

En realidad la Torre de las Tinieblas forma parte de un edificio rectangular que se ha desmoronado casi por completo. Su mole se yergue en un extremo, como una gigantesca chimenea negra. Sus dos puertas de acceso son unos enormes tablones carcomidos, que se balancean sobre oxidados goznes. Tras ellos se cierne la penumbra.

Los muros están construidos con grandes

piedras, alisadas por la acción del tiempo. El tejado de la sección rectangular desapareció hace ya muchos años, dejando tan sólo unas vigas resquebrajadas que apuntan hacia el cielo como garras negruzcas.

Lo que en su día fueron largos ventanucos con postigos se han convertido en impenetrables agujeros. El viento atraviesa con fantasmales silbidos las abandonadas ruinas, impregnando el ambiente de efluvios de corrupción y algo más que no identificas, pero que te resulta desagradable.

«Entra», parece susurrarte el viento con el tono agudo y cálido de una mujer. Su voz es seductora, y has de luchar contra el impulso de penetrar en el edificio.

—Examinemos el interior —sugiere Derek acercándose a las desvencijadas puertas.

—¡No! —exclamas, poniendo en esta única palabra más énfasis del que pretendías.

—¿Te asusta la oscuridad? —pregunta tu nuevo amigo deteniéndose y volviéndose hacia ti.

—En absoluto —respondes indignado—. Lo que ocurre es que el edificio está a punto de derrumbarse y podríamos lastimarnos si nos aventurásemos a entrar.

—Todo lo que tenía que caer ya ha caído —declara Derek—. Creo que estás asustado. ¡Garan el miedoso! —añade riendo.

Derek te está desafiando a penetrar en la Torre, pero no deseas hacer algo tan peligroso por un simple reto.

De pronto, empiezas a preguntarte por qué Derek quiere que entres en la Torre, por qué ha insistido tanto en venir a este lugar antes que nada. Quizá sabe algo sobre la peligrosa ruina, pero ¿qué puede ser?

Desconcertado, miras a Jean; pero tu hermano te evita. Ves en su rostro expresión de desencanto. Vuestro padre murió antes de que él naciera, y desde la desaparición de tu madre Jean ha acudido siempre a ti cuando necesitaba consejo y guía. Sabes que él piensa que tienes miedo. Sabes que opina que deberías aceptar el reto del recién llegado y hacer que se coma sus palabras.

El silencio se prolonga.

—¡Mi hermano no le tiene miedo a esa vieja Torre! —estalla de pronto Jean, clavando en Derek una fulgurante mirada—. ¡Mi hermano no teme a nada ni a nadie!

—¡Entonces, que lo demuestre! —responde Derek con un malicioso destello en sus ojos—. Veamos cómo entra en el edificio. No puede ser peligroso traspasar la puerta.

—Mi madre vino aquí hace dos años con otras mujeres del pueblo para coger bayas silvestres —explicas desviando la mirada—. Oyó un grito de socorro en la Torre y penetró en ella sin pensarlo, aunque todas le aconsejaron que no lo hiciera. Nunca más volvimos a verla.

«Entra», vuelve a susurrar el viento en el silencio que sucede a tus palabras. «Ven...»

—¿No acudió tu padre en su busca? —pregunta Derek.

Clavas tu mirada en él, y ves que su maliciosa expresión se ha trocado en simpatía.

—Hace muchos años que murió —respondes bajando los ojos—. Entonces vivíamos con mi tío que, con el resto de los habitantes del pueblo, vino presto a la Torre. Pero nadie se atrevió a entrar.

—Si hubiese sido mi madre, yo mismo habría emprendido su búsqueda —afirma Derek.

—Antes o después, también yo pienso hacerlo —respondes con voz queda, elevando la vista y contemplando la desmoronada Torre.

Aunque has deseado rescatar a tu madre desde el momento en que desapareció, habías tomado la decisión de esperar. Querías ser lo bastante fuerte y maduro para derrotar al ser perverso que la mantiene apartada de su familia, en lugar de convertirte en otra víctima de la Torre.

—¿Qué te impide entrar ahora mismo y buscarla? —inquiere Derek—. Yo te acompañaré. ¿No será que estás demasiado asustado?

Titubeas, pensando que quizá tenga razón. Es posible que sea el miedo, y no la precaución, lo que te impide internarte en las malignas tinieblas.

---

1. *Si decides que nunca estarás más dispuesto que ahora a entrar en busca de tu madre, pasa a la página 128.*
2. *Si crees que necesitas más tiempo para prepararte como es debido y desafiar los peligros que te acechan en la Torre, pasa a la página 41.*

—¡No! ¡Suéltame! —El grito de terror de Derek resuena en toda la torre en el momento en que llegas a la entrada de la estancia donde se yergue el tablero de juego, a la luz de las velas. Vacilas y vuelves la mirada, pero no ves más que oscuridad... una penumbra sumida en el silencio.

Te da un vuelco el corazón al comprender que Derek ha sido capturado por la criatura que se oculta en la sala de la Torre. Oyes cómo desgarran una pieza de tela, y el eco de presurosas pisadas. Luego reina de nuevo el silencio.

Retrocediendo despacio hasta el tablero de juego, te preguntas si Derek habrá logrado escapar y el monstruo desconocido se dispondrá ahora a darte caza. Tu corazón late con violencia e impregna tus manos un sudor frío cuando penetras en la sala, sin apartar la vista de la entrada.

¿Dónde está Derek?

Tropiezas de espaldas con algo cálido, algo vivo.

Lanzando un grito de terror das media vuelta y encuentras ante ti el paje con la espada levantada. Su rostro, cubierto por una máscara de plata, se enfrenta al tuyo mientras deja caer el arma.

Detrás de él ves que la pieza del conde, un diablo con máscara negra y afiladísimas garras, avanza alzando las manos por encima de la cabeza del elfo. Intentas advertirle del peligro, pero no te salen las palabras.

De pronto, oyes de nuevo el fantasmal crujido de garras contra el pétreo suelo. Das media vuelta, esta vez para enfrentarte a un diablo verde de tres metros de altura con los ojos inflamados y penetrantes y una ristra de pun-

tiagudos dientes. Avanza hacia ti alargando la mano para clavarla en tu garganta.

—¡Garan, corre! —te ordena Derek con un grito que surge de la penumbra en la sala de la torre.

Sin titubear un segundo más corres hacia el tapiz del otro extremo de la estancia, el que hace unos momentos utilizó la bruja para salir. El monstruo te bloquea el paso hacia la sala de la Torre, de modo que tu única esperanza radica en lo que te aguarda detrás del tapiz.

Pasa a la página 125.

15

Con el cuerpo temblando por el miedo, permaneces mudo en la fría penumba, esperando al terror desconocido. Debes destruir la magia del perverso conde en sus mismas raíces, pues de lo contrario nunca tendrás libertad para vivir en paz con tu familia; y para hacerlo, has de desechar la idea de huir.

Ante ti, en las tinieblas, aparece un débil destello verdoso. A medida que se acerca el eco de sus terribles pisadas, se intensifica su brillo. Ves un enjuto rostro de tonos incandescentes, con una larga barba y unas hirsutas cejas permanentemente fruncidas. Sus ojillos, redondos como relucientes cuentas también verdes, te miran con fijación al tiempo que se abre su boca, dejando al descubierto sus afilados dientes. Nunca antes te habías sentido tan aterrorizado.

Buscas el brazo de Derek, agazapado junto a ti, y os aferráis el uno al otro. Sientes bajo tus dedos los temblores de tu amigo; debe estar tan asustado como tú.

—Tenemos que enfrentarnos a él —susurra. Su voz es trémula.

Comprendes que, como tú, está luchando contra el imperioso impulso de buscar un escondite en cualquier parte, o de salir corriendo y traspasar la puerta azul de la caverna de las setas.

—¡Tenemos que hacer algo! —exclamas. De pronto, tu temor se ha transformado en ira. Si habéis de enfrentaros al terror desconocido, no podéis presentaros ante él temblando de miedo como conejos asustados. Combatiréis con orgullo, ganándoos cada milímetro del camino.

Sueltas a Derek y, reuniendo todas las fuerzas y el valor que posees, descargas tu puño sobre el reluciente rostro verde que se yergue ante vosotros.

Tu mano se estrella contra una superficie blanda, que rebota bajo tus dedos como un balón de goma. La espantosa cara parece empequeñecerse al retroceder, y el eco de sus temibles pisadas se detiene de forma abrupta.

Las antorchas de los estantes oscilan un segundo y sus llamas vuelven a avivarse, iluminando una vez más toda la caverna. Contemplas mudo de asombro un balón negro y elástico, hinchado hasta alcanzar proporciones gigantescas. En el exterior de la bolsa, pintado de verde, se dibuja el rostro del monstruo que te tenía aterrorizado.

—¡No es más que un enorme globo! —dice Derek sin acertar a creerlo. Tiene la cara muy pálida, y sus ojos siguen desorbitados en recuerdo del miedo que sentía hace unos instantes.

—Sólo una gran bolsa de viento —añade tu madre sobrecogida.

El globo empieza a deshincharse, perdiendo tamaño hasta que no queda de él más que una mancha negra en el suelo. La mancha negra se desliza bajo el pie del altar, como si quisiera ocultarse ahora que se ha descubierto su secreto.

—Lo peligroso no es la realidad, sino el miedo —afirma Gregor—. La verdad siempre resulta menos terrible que nuestros temores.

—¿Significa eso que hemos destruido la fuente de la magia del conde? —preguntas esperanzado, volviéndote hacia Gregor. Aún estás temblando como reacción al terror que te invadía hace escasos segundos, y no te sientes preparado para enfrentarte a otra sorpresa del conde.

—Has destruido uno de mis hechizos más eficaces, y lo pagarás caro —susurra la sibilina voz del conde detrás de ti, poniéndote de punta los pelos de la nuca. Mantienes la mirada fija en la lejanía, pues no quieres volverte y enfrentarte a la siniestra figura. Temes la realidad de su presencia en la caverna junto a ti.

Gregor, que está de cara al perverso ser, le contempla con los ojos llenos de terror. Levanta las manos y una extraña expresión se dibuja en su rostro. Empieza a balbucear unas palabras en una singular lengua que no conoces, pero detectas en sus frases la cualidad cantarina e hipnótica de un encantamiento. Comprendes que está invocando un hechizo en el que pronuncia dos veces el nombre de Velasco.

—El terror desconocido era sólo uno de mis hechizos, no la fuente de mi poder —declara el conde—. Mi fuente es el altar, y eres un necio al amenazarme aquí, tan cerca de él. ¡Un necio, Gregor el mago!

Sientes cómo una ráfaga de gélido aire atraviesa tu brazo, y al instante Gregor se congela; sobre sus rasgos se forma una fina capa de escarcha, y se queda inmóvil con los brazos aún levantados.

Buscas a tu madre con la mirada, y descubres que un manto similar cubre también su rostro. Al igual que Gregor, está de cara al conde. Por el rabillo del ojo ves que Derek se abalanza sobre el altar. Pero alza la vista cuando se dispone a apoderarse de la daga, y al momento se queda también paralizado, con la mano a escasos milímetros de la empuñadura.

—Ven conmigo —susurra el conde, y comprendes que se dirige a ti. Eres el único al que su magia no ha congelado. Sabes que si das media vuelta caerás bajo su hechizo, pero no puedes quedarte inmóvil, dándole la espalda hasta la eternidad. Tu pensamiento vuela, buscando frenéticamente un plan de acción. ¿Qué hacer?

¿Debes atacar al poderoso conde, tratando de no mirarle, o coger la daga que Derek casi logró empuñar antes de ser transformado en una estatua inerte?

El hecho de que la daga se halle en el negro altar de piedra, junto al libro mágico, significa sin duda que se trata de un arma provista de intensos poderes, pues de lo contrario estaría en los estantes con los otros objetos. Pero tú no eres mago y desconoces las cualidades de estas armas. Quizá sería mejor que atacases al conde con las manos desnudas.

—Ven conmigo —vuelve a susurrar el conde. Su voz exige atención—. Posees una voluntad férrea y un gran valor —prosigue el amo de la Torre—. Puedo utilizar a seres como tú. Si te unes a mí, satisfaré todos tus caprichos, te concederé cualquier deseo.

Aun sabiendo que el conde es un mago perverso, su oferta se te antoja seductora. No te cabe la menor duda de que miente, pero te atrae. Algo en su voz hace que lo imposible parezca real. Debes tomar una decisión y hacerlo rápido, o te convertirás en otra estatua inmóvil. La magia de la terrible criatura es poderosa, y no resistirás mucho tiempo.

---

1. *Decides apoyarte en tu propia fuerza para combatir al conde.*
   Pasa a la página 153.
2. *Crees que necesitas un arma para defenderte del conde.*
   Pasa a la página 78.

Pensando que debes averiguar inmediatamente por qué te espían, te abalanzas sobre la figura desconocida que se oculta tras las setas de coral. Si es una trampa que te han tendido Verbena y el conde, quieres saberlo ahora, cuando aún tienes la oportunidad de evitarla, en lugar de esperar hasta que sea demasiado tarde.

Al atacar, oyes los gritos sobresaltados de tus compañeros. Tus dedos se cierran en torno a un áspero tejido de lana. Ves que has atrapado... ¿qué?

Compruebas sorprendido que la figura es pequeña y ligera. Ni siquiera forcejea cuando la arrastras por la hilera de setas y se la presentas a tus amigos. Bajo la luz amarillenta, ves que se trata de un viejo gnomo que viste camisa verde y unos pantalones de tartán, estampados en brillantes colores.

—¿Es ésa una manera de tratar a un ser viviente? —protesta el extraño espía con expresión iracunda, mirándoos de hito en hito—. Soy lo bastante viejo para ser tu abuelo; deberías mostrar más respeto por los ancianos, niño. También tú envejecerás algún día.

Acto seguido se vuelve hacia Gregor y hacia tu madre y añade:

—¿Así es como enseñáis modales a los niños, dejando que ataquen a un pobre extraño?

Lanza un encolerizado resoplido y empieza a ajustarse su llamativo atuendo, aunque no está descompuesto.

—Nos estaba siguiendo —dices a los otros—. Lo he descubierto hace unos minutos.

Gregor observa al gnomo y, con el ceño fruncido, dice:

—Si quieres respeto, sugiero que nos expli-

ques por qué estabas oculto detrás de las setas. Hay demasiados seres en la Torre dispuestos a hacernos daño.

El gnomo lanza una inquieta mirada a su alrededor, como si buscase ayuda. Pero sólo os ve a vosotros cuatro, escudriñándole severamente.

—Unicamente intentaba asegurarme de que traspasabais la puerta azul. Es una ilusión, y sólo puede deteneros mientras creáis que sigue ahí.

—¿Y por qué habías de asegurarte de que cruzábamos esa puerta? —pregunta Gregor apoyando la mano con firmeza en el hombro del gnomo, que se sobresalta al sentir su contacto.

—Porque el conde así lo desea —responde el hombrecillo con la desesperación dibujada en sus ojos—. Sus hechizos más poderosos son los que están más próximos a la fuente de su magia, y cree que no les será difícil destruiros, especialmente al terror desconocido.

—¿Qué es el terror desconocido? —inquiere Gregor.

—¡Lo ignoro! —responde el gnomo, cada vez más asustado. De pronto se relaja y mira a Gregor esbozando una siniestra sonrisa—. Nunca venceréis al terror desconocido. Se llama así porque nadie ha sobrevivido para describirlo.

—El conde debe saber qué es —replica Gregor—, ya que se trata de uno de sus hechizos.

—Pero no os lo revelará —dice el gnomo—. No os preocupéis. Desvelaréis el enigma en cuanto os enfrentéis a él —añade en un tono sarcástico.

Gregor se vuelve hacia tu madre, soltando el hombro del gnomo.

—Debe ser un hechizo má... —empieza a decir, pero se interrumpe de forma abrupta cuando el gnomo se escabulle de su control y corre hacia las escaleras. Gregor se lanza en su persecución, pero Aoweyn le agarra por el brazo.

—No tenemos tiempo para eso —declara—. Hemos de destruir la fuente de la magia del conde antes de que esa criatura nos destruya a nosotros.

—Tienes razón —reconoce Gregor y, volviéndose hacia la puerta, frunce el ceño antes de añadir con tono reflexivo—: Es una ilusión, de modo que si no la veo no podrá detenerme. Eso significa que no tengo más que cerrar los ojos y traspasarla. Esperadme aquí —ordena a tu madre—. Si no he regresado antes de media hora, acudid en mi ayuda.

—Ya te he dicho que no permitiré que te enfrentes solo al conde, así que tampoco dejaré que combatas en solitario al terror desconocido —replica Aoweyn con firmeza—. Te acompaño. Los muchachos pueden esperar aquí, en un lugar donde no se interpongan en nuestro camino. —Antes de que nadie acierte a protestar, cierra los ojos y atraviesa la puerta.

—¡Alto, Aoweyn, no entres! —grita Gregor enfurecido. Sin aguardar respuesta, cierra también los ojos y la sigue.

Derek y tú intercambiáis una mirada de asombro. Ninguno de vosotros avanza hacia la puerta.

—Quieren que esperemos aquí —comenta tu amigo con expresión de inquietud.

¿Debes traspasar la puerta azul detrás de tu madre y el padre de Derek para enfrentarte al terror desconocido, o quedarte donde estás? Tu madre y Gregor necesitaron vuestro auxilio para escapar del siniestro juego. Pero, por otra parte, el terror desconocido parece ser terriblemente peligroso, y no estás seguro de poder ayudarles a combatirlo.

---

1. *Si crees que tu madre y el padre de Derek necesitarán tu ayuda,*
   pasa a la página 134.
2. *Si piensas que lo más probable es que no puedas hacer nada por ellos,*
   pasa a la página 53.

Mientras observas cómo la Torre desaparece en las tinieblas que la envuelven, sientes escalofríos y tratas de convencerte de que es la brisa nocturna y no el hecho de haber sido capturado por la alfombra mágica del conde lo que los provoca.

—Quizá deberíamos haber saltado a la azotea de la Torre —te lamentas.

—Habríamos fallado y ahora los pedazos de nuestros cuerpos yacerían esparcidos por el campo —replica Derek—. De este modo hemos perdido el juego, pero al menos seguimos vivos.

—¿Durante cuánto tiempo? —preguntas con voz queda.

Al cabo de un rato, que se te antoja largo y silencioso, la alfombra aminora la marcha y ves ante ti una enorme cúpula negra; toda ella brilla como si ardieran en su interior centenares de velas, de tal suerte que su oscura y translúcida superficie refulge con una luz fantasmal. Al rodearla aparece una abertura en el tejado, y la alfombra la atraviesa.

De pronto te encuentras flotando en una penumbra abismal. No parece existir más que tu persona y la silenciosa oscuridad: no hay muros ni suelo. Incluso Derek y la alfombra se han esfumado.

—¡Derek! —exclamas, y tu grito resuena produciendo mil ecos en el negro vacío. Intentas moverte, caminar, nadar y hasta arrastrarte, pero por mucha velocidad que imprimas a tus brazos y piernas no avanzas en ningún sentido.

Cuando ha transcurrido una eternidad, empiezas a ver algo, al principio de forma muy borrosa. Al fin el lugar se ilumina y tus ojos descubren el tablero del juego, surcado de cuadros blancos y negros. Tratas de volver la cabeza, pero no puedes. No puedes mover ninguno de tus miembros.

Te has convertido en una de las piezas del misterioso juego de la Torre de las Tinieblas, en un peón que no puede avanzar ni retroceder hasta que alguien entre en el edificio e inicie una partida.

No te queda sino confiar en que el futuro y desconocido jugador, cuyo movimiento en la Torre dirija el tuyo en el tablero, gane sus batallas. Si él pierde, tú también.

Te quedas inmóvil, sin perder la esperanza.

Fin

27

Quizá Derek no sea lo que parece. El es el responsable de que hayas entrado en la Torre, y el que dice que los símbolos significan «hidra».

«Está tratando de engañarme para que pase de largo» piensas estirando la mano hacia el picaporte. De pronto, se te ocurre que Derek podría ser un criado del conde, enviado para persuadir a las posibles víctimas de que deben penetrar en la Torre y luego asegurarse de que pierden el juego.

—¿No me has oído? ¡Hay una hidra ahí dentro! —exclama Derek agarrándote por el brazo al pasar a toda velocidad junto a ti en pos de la escalera.

—¡Suéltame! —le ordenas apartando el brazo. Abres la puerta y entras en la estancia, huyendo del diablo que os persigue.

La luz de la antorcha que arde en el exterior ilumina una pequeña franja del suelo y del muro, pero el resto de la estancia está envuelta en la penumbra. Reina una total oscuridad cuando cierras bruscamente la puerta y corres el pestillo.

Ni el más tenue haz de luz se filtra por debajo de la puerta. La estancia es fría y muy silenciosa. Un ruido silbante capta repentinamente tu atención. Aguzas el oído sin mover un músculo.

Un sonido áspero, como de escamas que arañasen el suelo de piedra, surge en el mismo rincón en el que has oído hace un instante el extraño silbido. No estás solo en la fría penumbra.

Te apresuras a descorrer el pestillo para que penetre la luz de la antorcha. Bajo sus oscilantes destellos, ves las siete cabezas de la hidra.

Son similares a las de los dragones y se yerguen sobre sus cuellos de serpiente exhibiendo varios pares de refulgentes ojos rojizos y blancas ristras de afilados dientes.

Las dos cabezas más próximas se abalanzan sobre ti, como hacen los ofidios al atacar a sus presas. Comprendes que ha llegado tu

Fin

Esquivando la vara que Verbena apunta hacia ti, agarras a tu madre por la mano y tiras de ella hacia la puerta que conduce a la sala de la Torre. Aoweyn tropieza una y otra vez. Comprendes que está demasiado rígida a causa de la magia del conde para poder escapar sin ayuda.

—¡Ahora siente la ira de mi magia! —exclama Verbena.

Un brillante rayo de luz inunda la sala del juego. Lanzas una mirada hacia atrás y ves un humeante agujero en el lugar que acabas de dejar. Corres más deprisa. Unos pasos delante de vosotros, Derek y su padre se dirigen a toda velocidad a la oscura sala de la Torre.

—¡Nunca lograréis huir! —oyes gritar a Verbena.

Un segundo rayo invade la sala del juego. Esta vez sientes el calor de la explosión en tu espalda; pero no vuelves la cabeza, a pesar del extraño y desagradable olor que penetra en tus vías olfativas. Ni tu madre ni tú estáis heridos.

—¡Maldita sea! ¡Están fuera de mi alcance! —protesta Verbena encolerizada, en el momento en que alcanzáis la sala. Agradeces sumirte en la penumbra, sujetando con firmeza la mano de tu madre. Ahora que la has encontrado, no quieres volver a perderla.

—¡Por aquí! —susurra Gregor, el padre de Derek, en la oscuridad, a poca distancia de vosotros. Avanzas con precaución hacia el lugar de donde procede su voz—. El conde debe estar fraguando un plan para destruirnos. Ni él ni Verbena nos han seguido —añade.

—¿Qué vamos a hacer ahora? —pregunta tu madre.

—Me propongo destruir la fuente del poder

del conde antes de que él nos destruya a nosotros —le explica Gregor—. Para acabar con el conde, tendría que romper de algún modo el collar de plata y eliminar a los diablos de las tinieblas que le dan vida. Pero si logro desarticular la fuente de su poder, tardará mucho tiempo en volver a practicar la magia. Esperadme aquí.

—¡No! —protesta Derek—. ¡No permitiré que te vayas de nuevo! ¿No podemos dejar al conde en su Torre y ocultarnos en algún lugar donde no pueda encontrarnos?

—Por desgracia, no existe un lugar donde el conde no pueda encontrarnos —responde Gregor—. No está confinado en la Torre. Vive aquí porque es donde radica su magia, la fuente de su poder.

—¡Rápido, alejaos de aquí antes de que el conde nos ataque! —os apremia tu madre, dándote un precipitado abrazo y empujándote hacia la puerta.

—¡No vas a acompañarme! —ordena Gregor dirigiéndose a tu madre—. Iré solo.

—El conde atacará a cualquiera que intente destruir la fuente de su magia, y no pienso permitir que te enfrentes a él en solitario —declara Aoweyn. Por la mueca que se dibuja en sus labios sabes que no cambiará de idea.

—Además, corremos el mismo peligro fuera que aquí —afirma Derek.

Sabes que Derek se equivoca. Un hechicero es siempre más peligroso cerca de la fuente de su poder, y el exterior de la Torre no puede ser tan mortífero como el lugar donde quieren ir vuestros padres. Aunque haya trampas en los alrededores, tienes más probabilidades de evitarlas que Gregor de destruir la fuente de la magia del conde. Y el hecho de que Derek y tú les acompañéis podría entorpecer los planes de Gregor.

Pero, por otra parte, ahora que has encontrado a tu madre no quieres arriesgarte a perderla. Además, después de las pruebas a las que os ha sometido el conde con su siniestro juego, te gustaría tomar parte en la destrucción de su poder.

Tú debes decidir. ¿Qué quieres hacer?

---

1. *Si piensas que mientras estéis en la Torre tu madre y tú podréis enfrentaros juntos a los peligros que os acechan,* *pasa a la página 100.*
2. *Si crees que Gregor y tu madre tienen más posibilidades de salir victoriosos sin vuestra intervención,* *pasa a la página 35.*

—¡Garan! —exclama Derek casi sin aliento, mientras corréis escaleras abajo, tropezando en la oscuridad—. ¡El diablo que venía tras de mí no nos persigue a nosotros!

—¿Cómo? —preguntas deteniéndote de forma abrupta.

Derek no responde. El profundo silencio, interrumpido sólo por un vago ruido de pisadas producido por las garras del monstruo al arañar la piedra, habla por sí solo. El diablo no os sigue. Una sensación de frío invade tu vientre.

—Quizá no pueda abandonar la estancia que ocupa —sugieres escudriñando con desasosiego la tenebrosa oscuridad y deseando tener a mano una luz para iluminar vuestro camino.

—Quizá —responde Derek poco convencido.

De pronto expresas en voz alta un pensamiento que preferirías ignorar.

—¿Crees que por alguna razón esa criatura teme a esta escalera?

—¡Exacto! —susurra tu amigo—. ¡Quizá lo que se oculta al pie de esta escalera asusta incluso a un diablo!

Pasa a la página 51.

—No quiero entrar en ninguna estancia en cuya puerta haya flechas apuntando hacia abajo —declaras, reanudando el ascenso en pos de la oscuridad—. La bruja miró hacia arriba cuando inició el juego, y creo que es en esa dirección donde hallaremos la clave de la victoria.

Subes en silencio durante un rato, tratando de no pensar en los doloridos músculos de tus piernas. Quieres preguntar a Derek por su padre, pero no sabes cómo formular la pregunta para que no suene a simple curiosidad.

—Quizá fuera esto lo que le ocurrió a mi madre —dices al fin—. Entró aquí para atender aquella llamada de auxilio, se vio obligada a jugar y perdió.

—Así fue con mi padre —te explica Derek por su propia voluntad—. Al menos penetró en la Torre, aunque por distinto motivo. Antes de partir me contó que iba a participar en el juego para hallar el remedio de la enfermedad de mi madre. Nunca volvió.

No se te ocurre ninguna respuesta, y se hace de nuevo el silencio. Un par de veces tropiezas en la oscuridad. Al fin un tenue resplandor aparece delante de vosotros.

—¡Mira! —exclamas muy excitado, al ver que se disipan las tinieblas—. ¡Debemos estar llegando a la cima porque cada vez se ve mejor!

Coronáis a toda prisa los últimos peldaños. La emoción de hallarte casi en la azotea hace que olvides el dolor de los músculos.

Pasa a la página 44.

—No me importa esperar fuera, pero la puerta está cerrada —protestas.

—Ya no —responde Gregor—. Las puertas se cierran cuando empieza el juego, y vuelven a abrirse cuando concluye.

—De acuerdo —dices con tristeza, agarrando a Derek por el brazo y empujándole hacia las puertas. Detrás de vosotros resuenan las pisadas de tu madre y el padre de Derek, que se alejan en busca de la fuente de la magia del conde, hablando en voz muy queda.

Al llegar a la puerta compruebas que, en efecto, cede con facilidad. En el exterior, un pequeño parque resplandece a la luz de la luna. Unos frondosos arbustos, similares a los que circundan tu casa pero podados en forma de monstruos, jalonan un camino de gravilla blanca. El camino se ensancha un poco más adelante, y se prolonga, bordeando el parque, entre una tupida hilera de arbustos.

Cuando os internáis en la senda reina un silencio absoluto. Las nubes que atraviesan la cara de la luna proyectan sombras fugaces que hacen que los esculpidos arbustos parezcan dotados de vida. Sus ramas se balancean suavemente como la hierba en la brisa nocturna.

—Estos monstruos son casi reales —comenta Derek siguiéndote por la senda que os aleja de la Torre. Se acerca al arbusto más cercano, que es una perfecta réplica de un ogro, y se inclina hacia adelante para escudriñar su sombrío centro. Una frondosa rama se agita en su dirección, como si la brisa hubiera alterado bruscamente su rumbo.

De pronto, adviertes que no sopla ninguna brisa.

—¡Son monstruos auténticos! —exclamas.

Derek se pone en pie y retrocede, pero la rama que se balanceaba sobre él se estira y, enroscándose en su cuello, le atrae hacia el centro del matorral. Tu amigo forcejea con toda su energía, agarrando la rama con ambas manos y triturando las hojas con los dedos; sin embargo, todos sus esfuerzos son vanos y el frondoso miembro sigue apretando su garganta y arrastrándole hacia el interior del follaje.

—¡Ayúdame! —grita casi asfixiado.

Empiezas a correr hacia él, pero algo se enreda en tu tobillo, haciéndote tropezar. Caes sobre el camino de grava. Volviendo la mirada, ves que una rama se ha enredado en tu pierna. Poco a poco la rama tira de ti hacia la boca abierta de un verdeante dragón.

—¡No, no! —exclamas buscando desesperadamente algo a lo que aferrarte, algo que te ayude a impedir ser devorado por el hambriento arbusto. Intentas agarrarte al suelo, pero las blancas piedras se deslizan entre tus dedos. Un poco más tarde, sólo diez pequeños surcos delatan tu paso por el camino.

Fin

—Quizá juntos encontremos el medio de ganar este juego —le susurras a Derek—. La bruja ha dicho que debemos enfrentarnos a los terrores de la Torre —añades avanzando hacia la penumbra de la sala—. Así que, cuanto antes empecemos, mejor.

Derek abre la boca para hablar, y te preguntas si al fin va a contarte algo sobre el familiar que busca. Pero un instante después vuelve a sellar sus labios, y te sigue sin haber pronunciado una palabra.

—Tu padre está también atrapado aquí, ¿verdad? —preguntas al fin—. Por eso tenías tanta impaciencia por ver la Torre. Y por eso te ha interesado saber que mi madre desapareció en su interior.

—Tenía que venir en busca de mi padre —responde Derek entrando en la sala de la Torre. De pronto se detiene y, escudriñando la penumbra, añade—: Tengo la sensación de que alguien nos vigila, pero no veo a nadie.

—Lo mismo me ha ocurrido a mí —dices espiando la penumbra. Cualquier criatura podría acecharos en tan impenetrables tinieblas.

De pronto, en el silencio que sucede a vuestra conversación, se oye claramente el ruido que produce una espada al ser desenvainada. El sonido viene de detrás, así que das media vuelta y, al examinar el tablero de juego, ves que uno de los pajes con máscara de plata se yergue en el centro de la estancia blandiendo su acero.

—La bruja dijo que las figuras se moverían al compás del juego —te recuerda Derek. También él está observando el tablero—. Ese debe ser nuestro primer movimiento.

Otra estatua, un diablo de largas garras, poderosos músculos y máscara negra, se arrastra torpemente por el suelo. Se detiene junto al paje, con los brazos levantados como si quisiera atraparle.

—Y ésta debe ser la jugada del conde —dices.

—Sí, pero ¿qué se propone?

—Lo ignoro, pero supongo que tiene algo que ver con un diablo —respondes mirando con ansiedad las figuras armadas. Si al menos te permitieran utilizar un arma en el extraño juego, te sentirías más seguro.

—¡Escucha! —ordena Derek.

Oyes el inconfundible ruido de unas garras sobre el suelo de piedra, en algún lóbrego rincón de la sala de la Torre. La llama de tu vela empieza a oscilar y, al bajar la mirada, compruebas que te tiembla la mano.

Tienes tres posibilidades. Puedes correr hacia la escalera de piedra que has visto al entrar. Si permaneces en la Torre, quizá logres vencer los terrores del juego y obtener la libertad de tu madre.

Por otra parte, puedes aprovechar la oportunidad para escapar de la Torre y del juego traspasando las puertas que conducen al exterior. Prefieres estar en un mundo que te es ajeno antes que en la Torre.

O puedes volver a la estancia donde se yergue el tablero de juego a la luz de las velas. Aunque ese paso no te ayude a salir de la misteriosa Torre ni a recuperar a tu madre, por lo menos te permitirá ver al dueño de las garras que se acercan por el pétreo suelo.

—¡Sígueme! —exclama Derek volviéndose hacia la escalera y echando a correr.

---

1. *Sigues a Derek hacia la escalera,*
   decidiendo que no debes abandonar el juego.
   Pasa a la página 95.
2. *Corres en pos de la puerta,*
   pues quieres aprovechar
   la que quizá sea tu última oportunidad
   de escapar de la Torre.
   Pasa a la página 49.
3. *Vuelves a la estancia donde se encuentra*
   el tablero de juego,
   para ver quién os persigue.
   Pasa a la página 12.

—Todavía no estoy preparado —le dice a Derek—. He estudiado magia, pero no la suficiente para derrotar al ser maligno que se oculta en este lugar.

—¿Cuánta magia crees que debes saber? —pregunta Derek.

—No estoy seguro —respondes despacio—. Ignoro qué criaturas perversas nos acechan ahí dentro. Lo único que sé con certeza es que deben ser peligrosas, porque capturaron a mi madre; sin duda se necesitará a alguien más poderoso que yo para destruirlas.

—No debes estar tan seguro de eso —replica Derek—. Quizá la suerte juegue un papel importante. Además, si has de aprender suficiente magia para vencer a cualquier criatura con la que tropieces, no terminarás nunca. Se tarda años en aprender los conceptos básicos.

Desvías la mirada. Ese mismo pensamiento te ha estado agobiando desde que empezaste a aprender magia por tu cuenta, después de la desaparición de tu madre. Han pasado dos años, y no conoces sino algunos hechizos protectores. Derek tiene razón. Se necesita toda una vida para convertirse en un experto en magia y derrotar al misterioso mal que ha anidado en la Torre.

—¿Por qué estás tan interesado en salvar a nuestra madre? —pregunta Jean dirigiéndose a Derek.

Asombrado, miras a tu hermano. Acaba de formular una inteligente pregunta. ¿A qué se debe el interés de Derek por tu madre? ¿Cómo es que sabe tanto de magia? Quizá su interés por conocer los pormenores no sea fruto de la simple curiosidad.

—¿Por qué estás aquí? —le preguntas a tu vez.

—Porque... —empieza a decir Derek, pero de pronto se interrumpe—. ¡Oh, no importa! De todos modos, no lo entenderías. Si no quieres entrar en la Torre, no puedes comprender por qué he de hacerlo yo.

Antes de que puedas detenerle, sube la cuesta que os separa de la puerta y la atraviesa.

—¡Derek! —gritas, pero no responde—. Debo seguirle —farfullas para tus adentros, tratando de ignorar el escalofrío que te recorre la espalda.

—¡No! —exclama Jean agarrándote por el brazo—. Todo el que penetra en las tinieblas desaparece y nunca vuelve a salir. No quiero que eso te ocurra también a ti.

—Sólo me asomaré al interior para asegurarme de que está bien —dices con impaciencia, soltándote. No te entusiasma la idea de acercarte más a las ruinas, pero no puedes irte sin saber qué le ha sucedido a Derek. Además, ¿hasta qué punto es peligroso echar un simple vistazo al interior de la misteriosa Torre?

Aun así, titubeas al llegar a la entrada. La oscuridad que ves a través de la puerta abierta es intensa, y presientes que amenazadora. Cuando te inclinas hacia adelante para escudriñar la penumbra, un tablón cruje bajo tus pies. De pronto, el suelo desaparece y eres arrastrado hacia la negrura.

Un viento frío surgido de la nada azota todo tu cuerpo. La puerta se cierra bruscamente detrás de ti.

En el impenetrable silencio que se cierne a tu alrededor, oyes la voz de tu hermano pronunciando tu nombre; al principio su llamada llega con total claridad a tus oídos, pero su eco se apaga poco a poco. Al fin, sólo perturban la paz los crujimientos y gemidos del viejo edificio en la brisa vespertina.

Empiezas a avanzar despacio, con precaución, pero no ves más que tinieblas. Otra brisa, esta vez cálida e impregnada de aromas de flores de estío, acaricia tu rostro.

«Bienvenido», parece susurrarte el viento.

Pasa a la página 66.

Hace una noche cálida y agradable, bañada por el claro de luna. Derek y tú os encontráis en el centro de una zona llana y circular de unos cuatro metros de diámetro. El suelo está cubierto de pájaros y de nidos, construidos a lo largo de varios siglos. En el borde del círculo, como en las almenas de un castillo, se yerguen estatuas de hombres y animales.

—Me pregunto por qué todas esas estatuas tienen las manos, o las garras, por encima de las orejas —comenta Derek, mientras se acerca a la estatua más próxima, un elfo con el dolor reflejado en el rostro. Los pájaros, que revolotean emitiendo fieros graznidos, se apartan a su paso hasta que no queda ninguno en el suelo. Su aleteo resulta inquietante.

—Estas aves se comportan de forma extraña —dices contemplando su vuelo bajo la luna. Te gustaría comprender en qué difieren de los pájaros que has visto en tu vida cotidiana.

—A mí no me parecen tan singulares —declara Derek. Adviertes cierta tensión en su voz, y te apresuras a unirte a él en el borde del círculo, ignorando los irritados graznidos de los animales que alzan el vuelo al sentir tu proximidad.

Derek ha posado la mirada en la lejanía, más allá de las estatuas. También tú contemplas el paisaje que circunda la Torre, una escena indescriptiblemente bella y serena donde las granjas dormitan bajo el luminoso cielo.

—Ahí está el río, y un poco más adelante el camino que conduce al pueblo —le explicas extendiendo el dedo—. Sólo que el pueblo no está donde debiera, y ha sido sustituido por esa refulgente cúpula negra.

—También ha desaparecido el bosque que

tuvimos que atravesar para llegar hasta aquí —añade Derek.

—Estamos en un mundo diferente, tal como nos anunció Verbena al comenzar el juego —declaras. Aunque sabías que te hallabas en otro mundo, no esperabas que fuera tan similar al tuyo y al mismo tiempo tan distinto. Vuelves a observar las silenciosas granjas que hay diseminadas bajo la Torre, y se te llenan los ojos de lágrimas. Te acaba de asaltar un terrible sentimiento de añoranza, y temes no hallar nunca el camino de regreso a casa.

—¡Garan! ¡Hey, Garan, despierta y mira eso! —exclama de pronto Derek.

Das media vuelta, y ves cómo se forma el reluciente y familiar círculo sobre los nidos, separándote de Derek. En su interior se materializa el tablero de juego. La espiral negra traza torbellinos en torno a los pajes, y cuando toca su ropa se eleva una nube de humo.

—Si no puedes vencerles, únete a ellos. —La voz que pronuncia estas palabras, y que desde luego no es la de Verbena, habla en tonos apagados, de tal modo que has de esforzarte para entenderla. Un repentino resplandor de fuego llena el círculo: oyes un fiero rugido, y la imagen desaparece.

Mirando a tu compañero, compruebas que mueve los labios, pero no logras distinguir sus palabras. Los pájaron arman un gran bullicio, que resulta ensordecedor.

—¿Qué dices? —preguntas gritando con todas tus fuerzas.

—¡Era la voz de mi padre! —exclama Derek y frunciendo el ceño, añade—: Estas aves están muy alborotadas.

—Cada vez hacen más ruido —respondes, empezando a sentirte inquieto. Te vuelves hacia los animales, preguntándote cómo las emplumadas criaturas pueden producir semejante batahola.

Los pájaros forman en su vuelo una espiral, estrecha en la base y mucho más ancha en la parte superior. Parece un torbellino. El abrumador ruido viene de su centro. Cuanto más deprisa vuelan más agudo y sonoro es el sonido que emiten.

De pronto, uno de los pájaros se separa de la cima del torbellino y se lanza en picado contra tu rostro. Levantas las manos para protegerte los ojos del afilado pico y retrocedes. A continuación te ataca otro, y otro más, obligándote, a refugiarte en el borde mismo de la azotea entre dos estatuas. Ves por el rabillo del ojo que Derek se encuentra en idéntica situación. Las aves le hacen retroceder hacia el borde del precipicio.

La gran masa de aves sigue volando cada vez más deprisa en el torbellino, mientras el griterío se intensifica sin cesar hasta producirte la sensación de que van a desgarrarse tus tímpanos. Todos tus huesos vibran con el estruendo.

El talón de tu pie derecho tantea el terreno, y cae en el vacío. ¡Estás atrapado! No puedes dar un paso más sin precipitarte por el borde de la elevada Torre; sin embargo, el dolor que penetra en tus oídos se te hace insoportable, y sientes la tentación de retroceder. Debes actuar sin perder un instante, pero no sabes cómo.

¿Debes tratar de unirte a los pájaros como ha sugerido la voz? Pero ¿de qué forma? No

eres un ave, no sabes volar. ¿No sería mejor resistir el dolor con la esperanza de que tus atacantes acabaran por cansarse y dejaran de provocar tan ensordecedora batahola?

---

1. *Si quieres buscar el modo de unirte a los pájaros,* *pasa a la página 117.*
2. *Si prefieres soportar el espantoso ruido todo el tiempo posible,* *pasa a la página 106.*

Te lanzas contra las puertas, pero no se abren. En tu ansia por huir de la Torre y del misterioso juego dejas caer la vela y te vales de ambas manos, empujando y aporreando los paños en un intento desesperado de forzar las puertas que te conducirán al exterior. Rodeado por la impenetrable oscuridad, recuerdas que una voz te advirtió de que las puertas están cerradas de forma hermética.

—¡No, suéltame! —grita Derek en las tinieblas. Su voz está llena de terror. Comprendes que ha sido atrapado por alguien que os acechaba en la sala de la Torre y que sin duda te perseguirá a ti cuando acabe con tu amigo.

Arremetes de nuevo contra el paño, lastimándote el hombro; pero las pesadas puertas ni siquiera se mueven. Un alarido de dolor resuena detrás de ti, deteniéndote en tu empeño. Das media vuelta y escudriñas la penumbra, deseando no haber tirado la vela. No ves nada en absoluto.

Reina un profundo silencio. Ignoras si Derek sigue con vida, pero la siniestra quietud te hace temer que haya muerto en manos del monstruo al que aún no te has enfrentado. El grito de dolor que has oído bien podría ser el último sonido que emita nunca tu compañero.

El golpeteo de unas garras sobre la piedra se reanuda en la mortífera oscuridad. Contienes la respiración y te agazapas junto a las puertas, con la esperanza de que el monstruo no advierta tu presencia en la penumbra; pero el extraño chasquido avanza hacia ti, y de pronto vislumbras unos fulgurantes ojos rojizos que te observan sin pestañear.

Con el corazón palpitante y un sudor frío en

tus manos, comprendes que el monstruo se dispone a darte caza.

Sin embargo, el miedo te da una repentina energía, y vuelves a arrojarte contra las puertas, haciendo saltar el cerrojo. Los paños ceden, y el claro de luna inunda la penumbra. Ves extenderse ante tus ojos los campos de la libertad, pero das un traspiés y caes en el umbral.

Giras la cabeza justo en el instante en que aprisiona tu garganta una mano verdosa con afiladas garras. Intentas esquivarla, pero te detiene el quicio de la puerta. Unos puntiagudos colmillos de carnívoro exhiben su blancura a la luz de la luna y se ciernen sobre ti; levantas la mirada y contemplas, indefenso, al diablo que te tiene atrapado.

Fin

—No me importa lo que pueda esperarme al pie de la escalera —dices—. Si bajarla significa que tendré la oportunidad de encontrar a mi madre, nada me detendrá.

—Te acompaño —se apresura a declarar Derek—. Probablemente no será más peligroso que lo que hemos visto arriba.

El olor a podredumbre se intensifica a medida que descendéis. Al poco rato aparece delante de vosotros un tenue resplandor amarillo. La luz se hace cada vez más brillante, hasta que ves que estáis penetrando en una cueva llena de setas, iluminada por un mortecino musgo de tonalidades entre verdosas y amarillentas.

—Nunca había visto nada parecido —comenta Derek maravillado, cuando pisáis el mullido manto de refulgente musgo.

Toda la caverna, no mayor que una estancia, está repleta de hongos de los más variados colores. Diversas hileras de setas coralinas luchan por abrirse paso bajo los dorados parasoles de otras más poderosas. Algunos hongos purpúreos, similares a árboles, elevan hacia el techo sus ramas sin hojas, mientras a sus pies se yerguen, esparcidas en desorden, otras setas más pequeñas de tonos tostados y pardos. El brillante musgo crece formado manchas sobre los gigantescos vegetales, cubriendo los rincones que éstos han dejado libres.

—Averigüemos dónde lleva esa puerta —sugiere Derek avanzando hacia un azulado paño que se yergue en el otro extremo de la cueva. Camina deprisa, casi con ansiedad.

Le sigues más despacio, atento a cualquier indicio de actividad en la tenue luz. Una o dos veces crees observar un ligero movimiento detrás de una seta, pero cuando te acercas para comprobar de qué se trata no encuentras nada.

Aunque Derek acciona el picaporte de la puerta con las dos manos, no ocurre nada.

—Está cerrada con llave —declara. Pero al examinarla frunce el ceño y añade—: No lo entiendo, no hay cerradura.

—Si no cede, es porque para abrirla hay que valerse de una herramienta especial que quizá no sea una llave —explicas, preguntándote qué puede ser.

Pasa a la página 138.

—Mi madre tiene razón —dices a Derek—. Si les acompañamos no haremos más que obstaculizar su avance. Lo mejor que podemos hacer es esperar.

—¡Pero me horroriza la idea de que no vuelvan nunca! —protesta tu amigo. Al parecer, está tan asustado como furioso.

—¡Tienen que volver! —replicas, contemplando la puerta azul como si tu mero deseo pudiera devolveros a vuestros padres sanos y salvos.

—¡Garan, mira! —exclama de pronto Derek. Giras la cabeza y ves que está en el centro de la caverna, señalando con el dedo hacia el techo, hacia algo que se halla justo encima de vosotros. La expresión de terror que se dibuja en su rostro te revela que sea lo que fuere, no es una criatura a la que ansías conocer.

Retrocediendo al tiempo que levantas la mirada, ves una gigantesca telaraña, tejida con hilos casi invisibles, que flota en el aire en dirección a vosotros. Las esponjosas hebras parecen estirarse hacia ti para rodear tu cuerpo y formar un capullo.

—¡Garan, ayúdame! ¡Estoy atrapado! —grita Derek desesperado.

—¡Lucha, Derek! —le respondes—. ¡Intenta liberarte!

Forcejeas con todas tus energías, pero los hilos, en lugar de romperse, se enroscan en torno a tus brazos y piernas hasta dejarte inmovilizado.

Sólo tus ojos están libres, y lo que ves te producirá pesadillas si vives lo bastante para volver a soñar. A pocos metros de ti se yergue otro capullo en el lugar donde estaba Derek hace unos momentos; y sobre un hilo extendido en-

tre vosotros os acecha una gigantesca araña, de confusas tonalidades pardas, armada con dos enormes tenazas que se abren y se cierran como si estuvieran ejercitándose.

No necesitas ser un mago para comprender que éste es el

Fin

La puerta no está cerrada con llave. Abres una rendija y te asomas con sigilo al pasillo. Cuando compruebas que no hay nadie acechándote en el rellano ni en la escalera, te sientes aliviado.

—Salgamos de aquí antes de que ocurra algo más —dices por encima de tu hombro, abriendo la puerta de par en par.

La luz de la antorcha que arde en el exterior inunda la estancia. Ves a Derek arrastrándose por el suelo, cerca de la mesa volcada. La vela y el libro están semiocultos debajo de la cama.

—¡Ya lo tengo! —exclama tu amigo con gran satisfacción, agarrando el libro. Cuando toca la cubierta, la alfombra que hay bajo sus pies empieza a moverse.

—¡Derek, olvida el libro! ¡Sal de ahí! —le ordenas.

Tu amigo se pone en pie, apretando el volumen con los dedos. Corre hacia la puerta, pero el extremo de la alfombra se levanta, arrojándole al centro de la habitación. Ves en sus ojos una expresión de terror cuando se lanza de nuevo hacia ti. Actuando sin pensar, coges su mano y tiras de él en dirección a la puerta.

La alfombra se retira, gruñendo. Se diría que se prepara para saltar. En un movimiento instintivo sales al pasillo arrastrando a Derek y cierras la puerta en el momento en que la alfombra se disponía a abalanzarse sobre vosotros.

Derek hojea el libro que sostiene en la mano. Sus páginas están vacías.

—¡Era una trampa! —farfulla indignado, arrojando el volumen contra la puerta. El libro se estrella contra el suelo, quedando abierto sobre la piedra.

—¡Maldita sea! —ruge la voz de Verbena, que parece surgir de todos los rincones al mismo tiempo—. ¡Habéis escapado de mi alfombra voladora! Nunca nadie se había salvado de esta trampa.

Mientras habla, empieza a formarse un círculo luminoso en la pared de enfrente y, despacio, una imagen toma forma en su interior. Es una sección del gigantesco tablero de juego. En el centro se dibuja uno de los pajes, luchando contra el rectángulo negro que pretende aplastarle.

El segundo paje avanza hacia el rectángulo blandiendo la espada y descarga su ataque sobre el símbolo negro. El rectángulo rompe en llamas y arde hasta no dejar más que un hilo de humo grisáceo, que no tarda en disiparse. El círculo desaparece, y te encuentras mirando un muro vacío.

—¡Hemos vencido en esta jugada! —exclama Derek alborozado.

—Sí, pero aún no hemos dado con la clave para ganar la partida —le recuerdas. Das media vuelta y empiezas a subir fatigosamente la escalera.

Pasa a la página 152.

Con un movimiento rápido, te lanzas sobre la vara. No sabes qué puede hacerte, pero a juzgar por el modo en que la empuña Verbena debe tratarse de un arma peligrosa. Confías en que lo último que espera la bruja es que pretendas atacarla.

No puedes ni quieres dejar que mueran tu madre y los otros, aunques salvarles te cueste la vida.

Cuando agarras la vara, explota ante tus ojos un rayo de fuego y sientes en el pecho un punzante dolor. La estancia empieza a oscurecerse.

—¡Garan, no! —exclama tu madre.

Sientes que te rodea con sus brazos, y sus lágrimas se derraman sobre tus mejillas. No ha echado a correr, y sabes que has fracasado en tu intento de rescatarla. De pronto, la sala se vuelve negra, y te disuelves en un vacío infinito.

Fin

Respiras profundamente y sigues a Derek al interior de la estancia. Aunque te expongas a graves peligros, sabes que debes averiguar algo más acerca de este extraño lugar si quieres encontrar a tu madre.

Tus pisadas resuenan en el vacío cuando atraviesas el gigantesco tablero de juego, y ves por el rabillo del ojo cómo las sombras oscilan sobre las estatuas. Las misteriosas piezas están talladas con tal perfección que parecen seres vivientes. Te asalta la desagradable sensación de que te espían a través de las rendijas de las máscaras que cubren sus rostros.

—Bienvenidos a la Torre y al juego —susurra la extraña figura negra en cuanto Derek y tú estáis lo bastante cerca para ver la cara arrugada y la nariz aguileña de una vieja bruja. Viste una ajada túnica negra y un chal. Sostiene en sus manos una robusta vara, también negra, y su voz es el mismo murmullo que te ha atraído hacia la Torre.

—Soy la bruja Verbena, y os guiaré para que podáis superar los terrores de la Torre —os explica sonriendo. Su risa brota en un malicioso chasquido, que rechina en tus oídos y te produce un escalofrío en la espalda. Tienes la impresión de que preferiría arrojaros a los terrores que ayudaros a evitarlos.

—¿Qué ju-juego? —balbuceas; pero enmudeces al instante, sorprendido por el temblor que detectas en tu voz. Arrastrado por los acontecimientos, no te habías percatado de lo mucho que te asusta la extraña y oscura Torre, más aún sabiendo que está habitada por una misteriosa figura vestida de negro.

—El juego es peligroso, y tenéis muy pocas probabilidades de ganar —prosigue la bruja—.

No sólo habéis de derrotar a los terrores de la Torre para encontrar la clave de la victoria, sino que además debéis descubrir la forma de utilizar esa clave.

—¿Terrores? —preguntas con cierto desasosiego.

—Si vencéis, el conde os concederá un deseo, cualquiera que sea —continúa Verbena—. Pero si sucumbís a los terrores de la Torre y aún os queda un hálito de vida, vuestra suerte se decidirá aquí —concluye, señalando con el dedo a las inmóviles estatuas e invadiendo la estancia con su siniestro chasquido.

—¡Esas es-estatuas! —balbuceas contemplándolas aterrorizado—. ¿Quieres decir que un tiempo fueron jugadores?

—En efecto, son jugadores que un día hicieron su propia partida, pero ahora deben moverse al compás de otros —responde la vieja—. A medida que avancéis por la Torre, las piezas que llevan la máscara de plata se moverán por el tablero. Cuando tropecéis con un terror, uno de vuestros enmascarados luchará contra una de las figuras negras. Si perdéis, la figura que os representa será destruida.

—Pero hay cuatro estatuas con máscara plateada y nosotros sólo somos dos —replica Derek.

—El rey y la reina representan vuestros deseos. Serán también eliminados cuando perdáis.

—Pero ¿y si ganamos? ¿Y si vencemos a los terrores? —pregunta Derek.

La bruja junta sus cejas en un ceñudo gesto, al tiempo que se desvanece su sonrisa.

—Si vencéis a un terror, desaparecerá la pieza del conde y continuará el juego. No obs-

tante, si tratáis de utilizar un arma o de hacer cualquier tipo de trampa para derrotar a un adversario, se os dará como perdedores. —Sus labios se retuercen en una grotesca parodia de sonrisa, y añade—: Ahora, formulad vuestro deseo.

—Queremos a nuestros padres —responde Derek.

—¿Nuestros? —preguntas sorprendido, mirando a Derek; pero su rostro está envuelto en sombras, y no logras ver su expresión. ¿Acaso su madre ha desaparecido también en la Torre? No puede ser, está en el pueblo, víctima de una grave enfermedad. Sin duda, se refiere a su padre.

—El deseo ha sido pronunciado, los jugadores están en el tablero y va a iniciarse una nueva partida —canturrea Verbena, levantando la mirada hacia la cima de la Torre. A continuación da media vuelta y avanza renqueando en dirección al tapiz.

—¡Espera! —exclamas—. Yo no he formulado ningún deseo.

—Lo ha hecho tu amigo por ti —dice la bruja mirándote por encima del hombro—. Quizá debieras elegir mejor a tus amistades.

—¡Al menos dinos qué hemos de hacer para ganar! —le ordenas, tratando de ocultar tu creciente miedo bajo una capa de ira.

—La clave de la victoria está en el camino, y hallaréis el camino al recorrer la Torre, aunque no se encuentra en su interior. —Emite su extraño chasquido y desaparece detrás del tapiz.

Observas durante unos minutos la tela por donde se ha esfumado la bruja, en la que aparece dibujada una torre negra sobre un campo de monstruos de plata. Acto seguido vuelves tu mirada hacia Derek, pues hay algo que debes saber.

—Derek, ¿está tu padre...? —empiezas a preguntar.

—¿Qué ha sido eso? —te interrumpe tu amigo.

—¿Qué ha sido qué? —inquieres sobresaltado.

—Me ha parecido ver que alguien se movía detrás de esa estatua —responde señalando con el dedo a un enano con un hacha de guerra. Su rostro está pálido, y a la luz de la vela compruebas que tiene los ojos muy abiertos. Al cabo de unos segundos, se encoge de hombros y añade—: Debo haberlo imaginado.

Escudriñas las oscilantes sombras de la estancia, sabiendo que sólo tienes dos opciones. Puedes participar en el juego con la esperanza de ganar, o seguir a la bruja y aventurarte a traspasar el tapiz. Si sales victorioso del juego se te concederá tu deseo y libertarás a tu madre. Pero Verbena ha dicho que nunca nadie lo había logrado.

Si sigues a la bruja quizá te conduzca hasta tu madre, y no tendrás que jugar la siniestra partida. Por otra parte, también es posible que al hacerlo caigas en una trampa.

---

1. *Si quieres arriesgarte a jugar con la esperanza de vencer, pasa a la página 38.*
2. *Si prefieres seguir a la bruja, pasa a la página 125.*

Mirando a tu alrededor, descubres un gigantesco roble cuyas ramas robustas y nudosas se proyectan sobre el tejado.

«Debería ser fácil encaramarse a esas ramas y bajar al suelo» piensas, atravesando su superficie. Al menos el árbol parece más seguro que la oscuridad que se cierne al pie de la escalera de la trampilla.

En el momento en que te agarras a una rama y te das impulso, la trampilla se cierra con estrépito. Vuelves la mirada y sigues trepando. Unos minutos más tarde, tras un rápido descenso, estás en tierra firme corriendo hacia las puertas frontales de la Torre. Quizá Derek te espere en ese lugar.

Pero no ves a Derek por ninguna parte y tardas sólo unos instantes en descubrir que las puertas están atrancadas. Aunque arremetes contra los gruesos tablones en un intento de forzar el paño, éste ni siquiera se mueve.

Poco a poco te percatas de que estás perdido en un mundo extraño; no sabes por dónde volver a casa, Derek ha desaparecido y tu madre sigue prisionera en el interior de la Torre.

De pronto, atrae por vez primera tu atención una hilera de arbustos curiosamente podados. Son como los frondosos matorrales que rodean tu casa, pero a éstos les han dado forma de montruos. Bajo el reflejo de la luna las criaturas esculpidas parecen dotadas de vida, y te embarga un extraño desasosiego.

Una de las ramas de un león cercano se estira de pronto, como si quisiera atraparte. «Debe ser un capricho de la brisa vespertina» te dices, aunque un gélido escalofrío te recorre la espina dorsal cuando te apartas de la frondosa criatura. Lo cierto es que el viento no mece las ramas de los otros arbustos y árboles.

Todo el parque se te antoja amenazador. Se diría que en sus sombras se ocultan monstruos desconocidos, dispuestos a lanzarse sobre ti. Mientras retrocedes vigilando los movimientos del león, tropiezas con otro arbusto. Das media vuelta y ves que tiene forma de oso.

Sin previo aviso, las ramas te rodean y te atraen hacia el verdoso centro. Lanzas un grito de auxilio, pero nadie puede oírte ni ayudarte. Sientes un aguijonazo como una picadura de avispa, y todo se torna negro. Es el

Fin

Te pasas la lengua por tus labios cortados, mientras secas en tus pantalones el sudor de tus palmas.

—¿Derek? —preguntas con voz muy queda, como si temieras ser oído por alguna criatura agazapada en las sombras.

—¿Garan? —la voz de Derek suena tan apagada como la tuya—. ¿Dónde estás?

—Aquí —susurras—. Creo que tengo un cabo de vela —añades revolviendo tu bolsillo. Tus dedos se mueven entre cuerdas y otros objetos útiles, en busca de la vela y el pedernal que siempre llevas contigo para situaciones como ésta.

—La llama de la vela advertirá de nuestra presencia a quienquiera que viva en la torre —protesta Derek cuando al fin sacas al cabo.

—¿Qué te hace pensar que no nos ha descubierto ya? —preguntas frotando el pedernal.

El choque de piedra contra piedra resuena con estrépito en la silenciosa penumbra, y tus manos tiemblan con una sansación de frío que nada tiene que ver con la temperatura. Necesitas hacer tres intentos antes de que una débil llama proyecte a tu alrededor un oscilante círculo de luz.

En el borde del círculo está Derek. Tiene el rostro lívido, envuelto en la oscuridad que todo lo oculta salvo a vuestras personas y una pequeña sección del áspero suelo de piedra.

Esperas unos momentos, pero no oyes otro ruido que el producido por vuestra respiración. Luego, avanzando con el mayor sigilo, empezáis a explorar el primer piso de la Torre.

Estáis en una gran sala circular. Cerca de la puerta por la que habéis entrado se dibuja un tramo de gastadas escaleras de piedra, que conducen hacia la azotea y hacia los sótanos. La superficie de los toscos peldaños se ha alisado con el paso de innumerables pies a lo largo de varios siglos.

Frente a la entrada hay otro foco de tinieblas, al que se accede por una negra abertura que se te antoja el marco de una puerta. Te detienes ante él y estiras el brazo de la vela; pero no ves más que tinieblas. Piensas que debe tratarse de otra estancia de considerable tamaño.

—Debe ser el edificio que se comunica con la Torre —murmura Derek a tu lado.

—Quizá —respondes—. Pero si no recuerdo mal, el edificio no tenía techo, y éste debe estar cubierto, porque no vemos el cielo —declaras contemplando la impenetrable oscuridad en la que no brillan ni las estrella ni la luna.

—¿Es posible que una construcción esté resguardada por un techo sin tener tejado? —farfullas.

—Lo es —susurra una voz que surge de la penumbra de la otra estancia. Unos violentos escalofríos te recorren la espalda cuando vuelves la mirada hacia las puertas.

—Las puertas están cerradas —dice la voz.

—Eso no impedirá que nos vayamos de aquí —replica Derek apartándose de la luz que derrama la vela—. Sus paños están tan carcomidos que no me extrañaría que se desmoronasen por sí solas.

Penetra en tus oídos, con total claridad, el ruido de un cerrojo metálico. El ruido cesa al instante, y a continuación oyes un deslizamiento y el eco de unos arañazos, seguidos por la voz de Derek.

—No son las mismas puertas —dice.

—¿Cómo? —exclamas corriendo a su lado. Te detienes de forma brusca al contemplar unas sólidas planchas en el lugar donde hace unos minutos colgaban sin sujeción varios tablones gastados y carcomidos.

—Aunque consiguierais forzarlas, no encontraríais vuestro hogar ahí fuera —prosigue la cavernosa voz—. Al entrar en la Torre os habéis introducido en otro mundo, y no podréis regresar a menos que ganéis el juego.

—¿Qué juego? —preguntas volviéndote hacia las tinieblas de la otra estancia.

La voz no responde, pero una vela se enciende en la sala de donde procede. A continuación surgen en la penumbra otras llamas oscilantes, iluminando la estancia con tenues destellos.

Desde la sala de la Torre contemplas con incredulidad la escena que lentamente se revela ante tus ojos. Casi una docena de figuras inmóviles, de tamaño natural, se yerguen esparcidas sobre un suelo de cuadros blancos y negros; pero no distingues a ninguna criatura viviente que pueda haber alumbrado las velas. Estudias las sombrías estatuas con creciente desasosiego.

En el otro extremo de la estancia, bajo las oscilantes antorchas del muro, vislumbras a un rey y una reina con sendas coronas de oro y holgados mantos de armiño. Unas bruñidas máscaras metálicas, con rendijas a la altura de los ojos, cubren sus rostros. Las máscaras de las figuras de la izquierda son de plata, y las que protegen a las de la derecha, negras.

Esparcidos en el centro de la estancia hay dos pajes y varios monstruos. Sólo los pajes exhiben máscaras argénteas. La hidra, el diablo y el enano están ataviados de negro.

Hay otras dos figuras, cuyo significado ignoras, totalmente negras. Una es una caja rectangular, y la otra una espiral.

—Parece un gigantesco tablero de juego con piezas de tamaño natural —le susurras a Derek. En el otro extremo de la sala se mueve un tapiz. Una criatura de negro ropaje sale por él y avanza, renqueando y sosteniendo una vara, hasta el tablero de juegos. Se detiene, os invita a acercaros.

Mirando a Derek, declaras:

—La voz ha dicho que no podemos volver a nuestro mundo a menos que ganemos el juego.

—No queremos volver —responde Derek muy resuelto, entrando en el tablero—. Hemos venido aquí para rescatar a nuestros padres.

—¿Nuestros? —preguntas sobresaltado; pero Derek se encuentra ya a varios metros de distancia. Titubeas unos instantes. ¿Debes seguirle hacia la misteriosa figura negra de la estancia, o huir de la tenebrosa Torre antes de verte arrastrado a un peligro que no puedas sortear?

---

1. *Si crees que la figura vestida de negro puede serte útil para encontrar a tu madre, pasa a la página 59.*
2. *Si decides que no quieres enfrentarte a los peligros de la Torre, pasa a la página 97.*

—¡Por aquí, ojos de fuego! —exclamas situándote delante de la puerta y agarrando con ambas manos el pestillo que hay a tu espalda. De algún modo debes engañar al diablo para que entre en la habitación de la hidra, de lo contrario continuará persiguiéndote y es posible que te atrape.

—¡Garan! ¿Estás loco? —te amonesta Derek abriendo los ojos con atónita incredulidad. Lanza una mirada por detrás de su hombro y aprieta a correr hacia la oscura escalera, agarrándote el brazo al pasar junto a ti.

—Ven —dice dándote un tirón. Pero no te mueves. No hay tiempo para explicaciones, así que limítate a afianzar tus pies y liberarte con una sacudida.

Lanzando una última y desesperada mirada en dirección al monstruo, Derek desaparece en la penumbra de la escalera. Le oyes tropezar, en el instante en que vuestro perseguidor entra en el círculo de luz que derrama la antorcha de la puerta.

El diablo clava en ti sus fulgurantes ojos, y empiezas a descorrer el pestillo sin darle la espalda. Tus manos están impregnadas de un sudor frío y el pestillo se resiste. Probablemente no ha sido accionado durante mucho tiempo; pero al fin cede en el último momento.

—¡Ya te tengo! —exclama el diablo con voz áspera y cavernosa. Sus dientes refulgen bajo la luz de la antorcha, y hueles su fétido aliento cuando se abalanza sobre ti.

Sin perder un segundo, y con el corazón palpitante, abres la puerta de un puntapié y te haces a un lado con la mayor rapidez posible. La acometida del monstruo le arrastra al interior de la estancia. Oyes su grito de furia y el

movimiento silbante de otra criatura, probablemente la hidra. Te incorporas y cierras la puerta como una exhalación.

El pestillo, accionado desde el interior, se agita entre tus dedos mientras el diablo te ordena que le dejes salir. El paño de la puerta se comba con cada descarga de sus puños. Su voz suena áspera y colérica, pero también un poco asustada.

Apoyando un pie en la pared diriges la presión de tu cuerpo contra la puerta, sujetando el pestillo con todas tus fuerzas para impedir que se abra. Pero bajo el poderoso influjo de las sacudidas del diablo, el paño empieza a ceder, arrastrándote hacia el interior.

Dominado por el miedo, comprendes que no puedes soltar tu agarradero, porque el diablo abriría la puerta y te rodearía con sus garras antes de que consiguieras alejarte.

Pero si sigues donde estás te verás arrastrado, despacio pero inevitablemente, a una estancia que alberga a un diablo y una hidra. Te duelen los músculos por el esfuerzo que realizas para mantener cerrada la puerta, y el sudor fluye en riachuelos por tu rostro; pero no puedes evitar que la brecha del paño se ensanche cada vez más.

De pronto, dos brazos rodean a los tuyos. Sientes cómo alguien tira de ti, alejándote de la sala hacia la relativa seguridad del pasillo. Lanzando una presurosa mirada por encima de tu hombro, compruebas que Derek ha vuelto para ayudarte.

Con el impulso de ambos, la puerta empieza a cerrarse de nuevo. Derek y tú forcejeáis a un lado de la puerta en lugar de la cuerda que suele usarse en el juego, y empezáis a ganar cuando, de pronto, cesa la oposición al otro lado. El paño se cierra de forma brusca, y ambos caéis de espaldas, rodando por la escalera. Del interior de la estancia surge un alarido de dolor, seguido por indicios inequívocos de lucha.

—Felicitaciones —dice la susurrante voz de Verbena elevándose sobre los gritos y rugidos—. Habéis ganado esta jugada. A vosotros os corresponde iniciar la siguiente.

Al volverte hacia la voz, ves que se ha formado en la pared un amplio círculo. En el centro se yergue la imagen del gigantesco tablero. Sobre él, los dos pajes están luchando contra un diablo y una hidra. De pronto, bajan sus espadas y los monstruos se desvanecen en una nube de humo grisáceo. El círculo empieza a desdibujarse hasta desaparecer por completo.

—Salgamos de aquí —dices rompiendo el siniestro silencio que sucede a las palabras de Verbena y a la visión de la estancia del juego. Incluso ha cesado el estrépito de la habitación de la hidra. Sin pensarlo dos veces, empiezas a subir por la escalera.

—Tenemos que ver dónde vamos, por si el conde nos ha preparado alguna otra sopresa —declara Derek.

Volviendo la mirada, adviertes que se dispone a coger la antorcha de la puerta; pero el objeto desaparece en cuanto la arranca de su pedestal, sumiendo el pasillo en una impenetrable oscuridad.

Escudriñando las repentinas tinieblas ves que aparece otra antorcha, idéntica a la anterior, en su soporte. Su llama arde vivamente.

—¡Magia! —exclama Derek disgustado—. El conde ha embrujado las antorchas para que nadie pueda utilizarlas. —Y, diciendo esto, te sigue escaleras arriba.

Avanzáis en silencio por la penumbra durante lo que se te antoja una eternidad, pero no pueden ser más que unos minutos, antes de llegar a un segundo rellano con su puerta correspondiente. Como en el piso inferior, una antorcha arde en el muro contiguo. Pero el paño no presenta ningún símbolo pintado en el exterior. Se trata de una simple puerta de madera.

—¿Qué opinas? —te pregunta Derek deteniéndose delante de la puerta y mirándote con expresión inquieta.

Al igual que tu amigo, tienes un cierto recelo y no te decides a entrar. Detrás de la puerta podrían acecharos más peligros e incluso la muerte; pero, por otra parte, también podría ocultarse la clave que necesitas para ganar el juego y rescatar a tu madre.

---

1. *—Demos un vistazo —dices estirando la mano hacia el picaporte:*
   Pasa a la página 104.
2. *—Sigamos subiendo —respondes.*
   Pasa a la página 152.

—¡Gracias! —exclama el enano con el rostro iluminado por el júbilo—. Sabía que no rehusarías ayudarme a encontrar a mi rey.

—Todos navegamos en el mismo barco —le respondes sonriendo.

—¿Por dónde empezamos a buscar, por aquí o en lo alto de la Torre? —pregunta Derek.

—Detrás de la puerta azul hay una habitación que sube y baja por la Torre —os explica el enano—. Cuando está arriba se puede acceder desde aquí al laboratorio del conde, que es donde al parecer tienen prisionero a mi rey. Ahora está en lo alto, pero necesito ayuda para burlar al centinela.

—¿Has fraguado algún plan para conseguirlo? —preguntas con impaciencia, deseoso de terminar pronto con el rescate para continuar el juego y recuperar a tu madre.

—Vosotros os ocultaréis detrás de esa seta —responde el enano asintiendo con la cabeza, al tiempo que señala un hongo purpúreo tan grande como un árbol que crece cerca del muro, a medio camino entre la puerta azul y la escalera.

—Provocaré al centinela para que me persiga, y cuando pase junto a vuestro escondite le atraparéis. Entonces bastará atarle y buscar a mi rey al otro lado de la puerta.

—Podría funcionar —accede Derek avanzando hacia el purpúreo vegetal.

También tú le haces un signo de aprobación, y sigues a Derek con el ceño fruncido. Tienes la vaga sensación de que algo no encaja. Cuando te agazapas detrás del robusto hongo, comprendes qué es lo que te preocupa.

—¡El enano ya no tiene hipo! —dices de

forma brusca, volviéndote hacia Derek—. Y, además, su aliento no huele a alcohol.

Derek clava su mirada en ti durante un momento largo y silencioso, y su rostro palidece.

—¡Tienes razón! —exclama al fin—. ¡Nos ha engañado!

—La fetidez que notamos al bajar está empeorando por momentos —declaras tratando de ignorar la náusea que revuelve tu estómago—. Y, además, la sala está cada vez más oscura.

—¡Salgamos de aquí antes de que sea demasiado tarde! —apremia Derek.

Abandonáis vuestro escondite tras la seta. Un cieno grisáceo de aspecto amenazador ha empezado a extenderse sobre el musgo luminoso, sumiendo en la negrura toda la caverna. Mientras miras el repulsivo fango que os tiene rodeados, adviertes que avanza de forma perceptible.

No puedes llegar ni a la puerta ni a la escalera sin pisar el cieno, y el enano mentiroso parece haberse esfumado.

—¡Perdéis! —exclama la voz de Verbena esparciendo mil ecos por la hueca caverna. Un círculo brillante aparece en el suelo entre Derek y tú, y vuelves a ver el tablero con el enano de la máscara negra: está levantando por segunda vez su hacha de guerra, pero por desgracia no tienes tiempo de comprobar a quién golpea.

El cieno ha alcanzado tus pies, y el olor a podredumbre se hace asfixiante. La viscosa masa trepa rápidamente por tu cuerpo con una fría y rezumante humedad que te cala hasta los huesos. Cuando cubre tu cabeza, te conviertes en parte del extraño mundo de los hongos, del misterioso juego de la Torre.

Quizá un día venga alguien a liberarte del hechizo, pero de momento éste es el

Fin

Decides que has de correr hasta el altar y apoderarte de la daga. No puedes combatir al conde dándole la espalda, y mirarle sería desastroso. Además, es muy probable que se guarde otros trucos en su sedosa manga negra.

Te abalanzas sobre el arma, cuidando de no cometer el mismo error que Derek: levantar la mirada hacia el conde antes de que la daga esté en tus manos.

Tus dedos se cierran en torno a la empuñadura. Está muy fría. Por unos momentos tienes la sensación de que es ella la que te tiene agarrado a tí, y no a la inversa. Pero no tardas en recuperar el control.

Empuñando la daga, te atreves al fin a alzar los ojos, clavándolos en la túnica de seda negra que cubre al conde; por primera vez ves los refulgentes ojos encendidos que asoman bajo la capucha. El arma que sujetas parece protegerte del influjo de su mirada, pues no sientes el menor frío.

—De todas las personas que han participado en el juego, tú eres la más fastidiosa. Será para mí un verdadero placer absorber tus energías vitales y sumarlas a las que se ocultan en mi altar —dice el conde.

—Tengo la daga —le recuerdas.

—¿Y qué vas a hacer con ella? No puedes arrojarla contra mí, porque si fallas se quedaría en mi posesión. Tampoco puedes acercarte lo suficiente para apuñalarme, porque eso te pondría a mi alcance. Así que, pequeño, explícame cuáles son tus planes de ataque. —El conde avanza mientras habla con las manos extendidas hacia ti.

Arremetes contra el impenetrable rostro que enmarca los refulgentes ojos, pero tu adversario te agarra por el brazo y el acero se desvía, abriendo una brecha en el collar de plata. La joya y la daga caen al suelo con un musical tintineo.

—¡No! —exclama el conde con un tono aterrorizado en su áspero susurro—. ¡Has roto mi control sobre los diablos de las tinieblas! —Se inclina para recoger el collar, pero lo alejas con un puntapié.

La oscuridad invade la estancia, apagando la luz de las antorchas y ensombreciendo el aire hasta que os encontráis en un simulacro de noche invernal. Antes de que desaparezca el último resplandor, ves que el conde ha echado a correr hacia la puerta azul y unos dedos terminados en garras negras se ciernen sobre él. El siniestro mago grita al sentir su contacto.

—Te hemos servido durante muchos años —susurra una voz, que parece el silbido del viento al filtrarse entre los árboles en un día de invierno—. Ha llegado la hora de que tú nos sirvas a nosotros.

Vislumbras una sucesión de brillantes ojos rojizos esculpidos en rostros de turbulenta niebla, rostros con deformes narices y los labios retorcidos en espantosas muecas. De pronto, la oscuridad se desvanece. Las antorchas arden con sus oscilantes llamas, que iluminan la estancia con mayor intensidad que antes; se diría que las infernales tinieblas que extinguieron su luz se han disipado para siempre.

Mirando a tu alrededor, ves que el altar de piedra negra se resquebraja y se desmorona, convirtiéndose en polvo. En el lugar donde has visto por última vez al conde yace su túnica de seda. La escarcha se disuelve lentamente, liberando los rostros de tus compañeros.

Un retumbo estalla en la caverna, y los frascos de los estantes vibran con estrépito. Gregor, que ha sido el primer congelado, es también el primero en moverse. A los pocos segundos tu madre da señales de vida; pero Derek continúa paralizado y ves que en sus ojos se dibuja una expresión de miedo.

—Tenemos que salir de aquí cuanto antes —exclama Gregor corriendo hacia su hijo—. La magia del conde mantenía en pie este lugar, y ahora que ha muerto sus hechizos desaparecen con él.

Otro retumbo resuena en la caverna, y esta vez los frasquitos caen al suelo, haciéndose añicos. Ayudas a arrastrar a Derek hacia la caverna de las setas sin acertar a recordar quién ha colocado su brazo en tu hombro. Gregor le sujeta por el otro brazo, y tu madre os sigue lanzando furtivas miradas hacia atrás, como si temiera que alguien os acechara para atacaros por sorpresa.

La puerta azul, una ilusión construida por la magia del conde, se ha desvanecido. Atravesáis a toda prisa la caverna de las setas, subís la escalera y traspasáis el portalón de entrada en el instante en que empiezan a desmoronarse las gigantescas piedras de los muros, lanzando sobre vosotros una lluvia de fragmentos. Derek se recupera por el camino y abandona la Torre por su propio pie.

Vuelves a encontrarte en tu mundo, en el bosque que rodea la Torre. La desaparición de la magia del conde os ha devuelto a casa. Miras a tu alrededor y, al contemplar el follaje con nuevos ojos, te asalta la sensación de haber estado ausente varios años.

Un trueno ensordecedor invade el aire. Vuelves la mirada hacia la Torre, cuyo negro contorno se destaca sobre el rojizo resplandor del sol naciente. El edificio empieza a desmoronarse, cayendo sobre sí mismo y fundiéndose en el verdor de los bosques.

—Así terminan la Torre de las Tinieblas y el perverso conde —declara Gregor con voz queda.

Pasa a la página 151.

—¡No podéis rehusar! —exclama el enano—. ¡Tenéis que ayudarme a encontrar a mi rey!

—¿Cómo sabemos que dices la verdad? —replicas—. Podrías ser una de las criaturas que ha enviado el conde para detenernos, y tu historia una trampa.

—¿Cómo osaría tenderos una trampa? —protesta Montgomery—. Me dobláis en número, y, además, sois más altos que yo.

—Desconozco tus planes para traicionarnos, pero he observado que tu hipo ha desaparecido de forma muy súbita —declaras lanzando una mirada de sospecha a la figura de la capa negra.

—¿No os parece que la fetidez del lugar se intensifica por momentos? —os interrumpe Derek.

Sobresaltado te vuelves hacia él, desviando los ojos del enano. El olor a podredumbre es cada vez más fuerte, pero estabas tan ocupado hablando con el hombrecillo que no te habías dado cuenta.

—¡Por ahí! —exclama Derek señalando con el dedo las escaleras. De pronto ves que una capa de cieno grisáceo ha empezado a extenderse por la estancia, cubriendo el musgo refulgente. En los pocos segundos que tardas en reconocer el nuevo peligro, el cieno avanza varios centímetros, ganando velocidad al moverse hacia tu compañero y hacia ti.

—¡Estamos rodeados! —declara Derek mostrándote con la mano el cieno que rezuman todos los muros adyacentes—. ¡Nunca saldremos de aquí!

—No, a menos que logremos abrir esa puerta —respondes volviéndote hacia el enano. Quizá le convenzas de que te muestre cómo abrir la puerta azul.

Pero el enano ha desaparecido.

—La puerta es nuestra única esperanza —asiente Derek arremetiendo contra ella en un esfuerzo para traspasarla.

El paño no se inmuta.

—¡Juntos! —ordenas lanzándote a tu vez contra la puerta mientras Derek reúne fuerzas para realizar un nuevo intento. Pero ni las energías combinadas de ambos hacen ceder la misteriosa plancha azulada.

Al dar media vuelta para observar el progreso del cieno, constatas que se halla a escasos centímetros de vosotros. Su superficie refulge con la fantasmagórica luz que derrama el musgo luminoso en los puntos donde aún no ha sido cubierto. En el resto de la caverna reina una impenetrable oscuridad.

—¿Qué hacemos? —pregunta Derek.

—No-no lo sé —balbuceas asustado, retrocediendo ante la masa gris que empieza a encaramarse por tus pies. Extiendes los brazos hacia atrás, dispuesto a aplastarte contra la dura madera de la puerta que no logras abrir y sabiendo que no hay escapatoria.

De pronto la puerta azul aparece delante de ti. Asombrado, das media vuelta; se supone que debería estar detrás. Con creciente desconcierto contemplas los muros de una pequeña habitación y, bajo el resplandor blanquecino del techo, compruebas que el cieno se ha volatilizado.

Miras de nuevo la puerta y ves que Derek la traspasa de espaldas, como si no existiera. En cuanto se halla en el interior, toda la estancia se agita, y tienes la sensación de estar elevándote. Derek gira sobre sí mismo, totalmente confuso.

—¿Pe-pero qué...? —empiezas a preguntar, tan atónito como él.

—La puerta debe ser una ilusión. Mientras la ves, no puedes abrirla ni traspasarla —sugiere Derek—. Pero si no la miras, deja de existir.

—¡Vaya una ilusión! —exclamas disgustado, frotándote el dolorido hombro con el que has intentado romper la puerta imaginaria—. Estoy seguro de que la historia del enano sobre su extraviado rey era una patraña urdida para alejarnos de la puerta e impedir así que descubriéramos su secreto.

—Es muy probable —asiente Derek.

—Veo que àccidentalmente habéis desvelado el misterio de la puerta azul; pero el azar no os llevará nunca a la clave de la victoria —dice la voz de Verbena, envolviéndoos. Lanza una carcajada y una vez más empieza a dibujarse un círculo luminoso en la pared de enfrente.

En el interior del círculo ves al enano de máscara negra blandiendo el hacha de guerra. Uno de los pajes bloquea con su espada la descarga del arma, mientras el segundo paje cobra vida y, con un ágil movimiento de su acero, decapita a su rival. El cuerpo del vencido se tambalea y estalla en llamas. El círculo se desvanece de forma gradual.

Te vuelves hacia Derek, pero antes de que puedas pronunciar una palabra la estancia se detiene en su avance vertical y la puerta se abre con un chasquido metálico. Ante vosotros se yergue una escalera ascendente.

—Podría ser una trampa, pero no ganaremos

el juego si nos quedamos aquí —dice Derek tras reflexionar unos segundos.

—¿Por qué no explorar todas las posibilidades? —sugieres encogiéndote de hombros—. Ya hemos estado en el sótano. —Y, sin pensarlo dos veces, pones el pie en el primer peldaño.

Tras subir tanteando en la oscuridad durante varios minutos, veis ante vosotros un tenue resplandor luminoso. Unos momentos después, estáis en la azotea de la Torre.

Pasa a la página 44.

Decidiendo aceptar la silenciosa invitación porque puede llevarte a la estancia del juego, atraviesas la trampilla y desciendes por la carcomida escalera, internándote en la oscuridad. La puerta se cierra con estrépito, causándote un gran sobresalto. Aunque das media vuelta, no consigues ver nada en la impenetrable negrura.

—Bienvenido a la sala del juego.

La voz de Verbena surge de las tinieblas que te envuelven. Oyes un crujido de tela y, de pronto, aparece el tenue resplandor de una llama oscilante, revelando una estancia cuadrada con los muros cubiertos de tapices. El que tienes delante ha sido apartado por una arrugada mano en una ajada manga negra, y la débil luz se filtra por la abertura.

Te inclinas para pasar bajo el tapiz, y contemplas la siniestra figura que lo sostiene: es Verbena, envuelta en su negro atavío. No dice una palabra, y avanzas hasta el tablero de juego para examinar la sala.

Las velas siguen ardiendo en los muros, pero sobre el tablero sólo se yerguen el rey y la reina de las máscaras de plata. Las restantes estatuas han desaparecido. Derek está junto al rey, y Verbena se sitúa en el lugar que ocupaba la reina de la máscara negra.

A su lado, donde antes se encontraba el rey del antifaz negro, hay alguien —o quizá algo— cubierto con una túnica de seda negra, coronada por una capucha.

La capucha oculta el rostro de la misteriosa criatura, de tal modo que no ves sino una oscuridad envuelta en sombras, aunque se mueve como si el ser que vive en su interior poseyera una cabeza real. Rodea el cuello de su túnica una cadena de plata, decorada con refulgentes símbolos negros que oscilan bajo la luz de las velas como las sombras en una noche de viento.

La inescrutable oscuridad que envuelve la capucha debe ser el conde. Es el único jugador al que aún no has visto, y los otros estaban todos en el tablero de juego.

—Vosotros sois los primeros que habéis llegado tan lejos, y vuestras piezas son las únicas que jamás fueron devueltas a casa —dice el conde. Su voz es un áspero susurro. La capucha se inclina hacia vosotros como si su dueño os mirase directamente a los ojos, pero sigues sin ver más que penumbra.

—Tu amigo busca a su padre, un necio mago llamado Gregor que creyó saber lo bastante para obtener la curación de su esposa y decidió tomar parte en el juego. Como sus antecesores, perdió y se convirtió en una de mis piezas —continúa el conde—. Pero debo admitir que es por lo menos un mago mediocre, pues de algún modo ha logrado transmitiros un mensaje en la azotea.

Mientras el conde habla cae la máscara del rostro de la figura del rey, y ves a un hombre de mediana edad, corpulento y de aspecto saludable, cuyas facciones son una réplica de las de Derek, aunque más adultas y curtidas. El conde lo ha presentado como un mago, y empiezas a comprender por qué Derek sabe tanto de hechizos: es evidente que ha crecido entre ellos.

—¡Padre! —exclama Derek abrazándose a la figura; pero el hombre permanece inmóvil. Un momento después Derek baja los brazos y se planta delante del conde. Tiene los ojos bañados en lágrimas.

—Todavía no habéis vencido —declara el conde estudiando su actitud—. Me limito a mostraros el premio, pero aún no pienso devolverle la libertad. —Volviéndose hacia ti, prosigue con su discurso:

—Y tú buscas a tu madre, una estúpida mujer llamada Aoweyn que oyó un grito de socorro en mi Torre y entró para prestar ayuda. No creía en las viejas historias de la Torre, y por eso se convirtió en parte de mi juego.

Esta vez la máscara de plata se desprende de la figura de la reina, y ves el rostro de tu madre. Sus ojos reflejan una gran tristeza, pero su cuerpo carece de expresión y de vida. Comprendes que el conde tampoco la ha liberado.

Luchando contra el impulso de correr hasta ella, rodearla con tus brazos y sentir el calor de su cuerpo, te vuelves hacia el conde. Lo primero es ganar la partida; debes mantener la cabeza despejada, libre de cualquier emoción que pudiera turbar tu raciocinio.

—Estos son los premios que ambos perseguís —concluye el conde—. Si me dais la clave, permitiré que abandonen el juego. Si no, arderán en llamas y serán destruidos, al igual que las piezas que habéis eliminado con vuestras acciones en la torre.

Señala con el dedo las figuras del rey y la reina, y del repulgo de sus ropajes empiezan a brotar unas llamas que se elevan en torno a sus inmóviles cuerpos.

—¡No! —exclamas, incapaz de conservar la calma.

—¡Dadme la clave o arderán! —ruge el conde. Detectas un tono triunfante en su voz y comprendes que intenta perturbaros, confundiros para que no uséis bien la clave. Juntas tus manos, clavándote las uñas en sus palmas. ¡Has de pensar deprisa y con claridad!

—¡Velasco —declara Derek—. ¡La clave es Velasco!

La túnica encapuchada parece agitarse, como si la criatura que anida en sus tinieblas no acertara a creer lo que oye; al instante, las llamas que envuelven al rey y la reina empiezan a apagarse.

—¿Pero qué, o quién, es Velasco? —pregunta el conde—. Tenéis una parte de la clave, pero debéis completarla.

Los pensamientos se agolpan en tu mente. Velasco tiene que ser alguien o algo capaz de obligar al conde a concederos el premio. ¿Será un diablo o un monstruo? No, el conde controla a todas las criaturas de la Torre: ninguna de ellas ejerce el menor dominio sobre él.

Una vieja historia, que recuerdas de la niñez, toma forma en tu cerebro. Trata de un enano que sólo puede ser forzado a hacer algo si se pronuncia su nombre secreto. Quizá Velasco sea la identidad oculta del conde, y es él quien ha de forzarse a sí mismo a entregaros vuestro trofeo.

---

1. *Si crees que Velasco*
   es el nombre secreto del conde,
   pasa a la página 121.
2. *Si piensas que hay alguien en la Torre*
   llamado Velasco
   que puede obligar al conde
   a otorgarte tu premio,
   pasa a la página 111.

Atraviesas la puerta a toda velocidad. La hidra, un monstruo casi mítico del que apenas se ha tenido noticia en los últimos años, posee entre cinco y doce cabezas; cuando se destruye una de ellas crecen dos en su lugar. Es casi imposible matar a semejante criatura y, si puedes elegir, no piensas probar fortuna intentándolo.

—¡Corre! —te apremia Derek sin aliento.

Tratas de apresurarte, pero, en la impenetrable oscuridad, das un paso en falso y caes al suelo. Derek se desploma encima de ti y, de pronto, sientes que rodea tu garganta una mano escamosa con largas garras. Forcejeas frenéticamente, pero las garras no ceden. No puedes respirar. Comprendes que ha llegado tu

Fin

Corres en pos de la escalera de la Torre y la llama de la vela tiembla en tu mano, proyectando inquietas sombras que parecen extenderse hacia ti para agarrarte y atraerte hacia la oscuridad donde alguien te espera: alguien cuyas garras repiquetean sobre el suelo de piedra. Debes alcanzar la escalera, o no podrás participar en el juego y rescatar a tu madre.

—¡Ayúdame, Garan! ¡Me ha atrapado! —grita Derek en la penumbra, delante de ti.

Intentas detenerte, pero el impulso de tu carrera te empuja hacia adelante. Te estrellas de cabeza contra Derek y una criatura verde con largas garras y afilados dientes, que refulgen bajo la oscilante luz de tu vela.

Durante una fracción de segundo te quedas paralizado, al resonar en tu mente el nombre del ser con el que has tropezado: ¡Un diablo! Pero pronto reaccionas y presentas batalla, consiguiento liberar el brazo de Derek de la garra que lo tiene atenazado, aunque en tu forcejeo dejas caer la vela. La llama se extingue y te sientes atrapado en una sofocante maraña de brazos, piernas y monstruo. Con la fuerza que te da la desesperación, te liberas.

El suelo es áspero e irregular, y te arañas las manos al ponerte en pie. Pero estás vivo y, de momento, libre. Emprendes carrera, que en pocos instantes se hace desenfrenada, hacia la escalera, tropezando casi contra el primer peldaño.

Oyes detrás tuyo un ruido de tela desgarrada, seguido por el eco de unas botas que atraviesan la piedra con un golpeteo de garras a sus talones. Las veloces pisadas se acercan cada vez más. Comprendes que Derek intenta llegar a la escalera.

—¡Por aquí! —exclamas para orientarle. Luego, te vuelves hacia la escalera sin saber qué dirección tomar. ¿Debes subir o bajar?

De pronto recuerdas que la bruja alzó la mirada hacia la cima de la Torre cuando entonó el inicio del juego. Quizá sería el mejor punto de partida.

Por otra parte, quizá resulte más lógico empezar por abajo e ir ascendiendo poco a poco, a fin de no pasar por alto nada que pueda conducirte a la victoria o revelarte el paradero de tu madre.

---

1. *Si decides que lo más aconsejable es subir por la escalera,* *pasa a la página 144.*
2. *Si te parece más prudente descender,* *pasa a la página 33.*

—No voy a entrar ahí para darle gusto a una figura enlutada —declaras—. Pienso salir de la Torre antes de quedar atrapado como mi madre.

—Pero deberíamos averiguar qué quiere —protesta Derek.

—Adelante, averígualo tú —replicas—. Yo me voy. —Y con estas palabras, das media vuelta y avanzas hacia las puertas.

—Si no participas en el juego debes entrar a formar parte de él —declara una atronadora voz en la penumbra que os rodea.

Una repentina ráfaga de viento, surgida de la nada, apaga tu vela y te levanta por el aire. Intentas respirar, debatiéndote en el torbellino. El huracán desaparece como nació, y te encuentras flotando en una negrura vacía y silenciosa. No hay nada, ni suelo, ni muros ni aire. Sólo impenetrables tinieblas.

Mucho tiempo más tarde la oscuridad se disipa, y en ella emerge una escena. Es el suelo de cuadros blancos y negros con las estatuas. Estás en la estancia en la que has rehusado entrar hace un rato, pero no hay ninguna figura negra en el centro, sólo las inmóviles estatuas con el rostro cubierto por máscaras plateadas o negras.

Unos minutos después oyes una voz en el fondo de la sala, la misma que te ha hablado al penetrar en la Torre.

—Es una lástima que sea tan joven, pero hay que respetar las reglas del juego —dice la extraña voz—. Será un buen peón para el próximo jugador.

Durante un instante te preguntas con asombro de qué habla la voz. No eres ningún peón en un juego ajeno... ¿O sí? ¿Qué significa eso de

que si no participas en el juego has de entrar a formar parte de él?

Asustado, intentas moverte; pero no puedes. Aunque luchas desesperadamente para activar cualquier parte de tu cuerpo, sólo tus ojos responden.

Y tus ojos te dicen que llevas una máscara de plata, al igual que las otras figuras que se alzan en el suelo blanco y negro. Te has convertido en una parte de la Torre, en el peón de un misterioso juego que no aciertas a comprender.

Al tratar de huir has perdido la oportunidad no sólo de rescatar a tu madre, sino también de recuperar tu propia libertad.

Las lágrimas se agolpan en tus ojos y fluyen por tus mejillas, pero no puedes mover las manos para secártelas.

Fin

—Digas lo que digas pienso acompañarte, madre. Nos habéis necesitado para salir del juego, y es posible que preciséis también de nuestra ayuda para destruir la fuente de la magia del conde —declaras.

—Es más seguro permanecer unidos —añade Derek.

—Tienen razón —dice tu madre en la oscuridad.

—De acuerdo, pero debemos destruir la fuente de la magia del conde antes de que él nos destruya a nosotros —apremia Gregor—. Aoweyn, tú has vivido aquí más tiempo que nosotros. ¿Sabes dónde se alimenta esa criatura para conservar su poder?

—En una ocasión le oí hablar con Verbena de un laboratorio oculto bajo la Torre —os informa tu madre.

—El laboratorio del conde, ¡ésa debe ser la clave! —exclama Gregor muy excitado.

—La escalera que baja está junto a la puerta —irrumpe Derek.

—Pues vamos en seguida —ordena Gregor. Oyes el eco de dos pares de pies que atraviesan la sala de la Torre.

Tu madre y tú seguís las resonantes pisadas. Un minuto más tarde iniciáis el descenso, tropezando sin cesar en la penumbra y aspirando un fétido olor que se intensifica a cada peldaño.

—No me gusta esto —anuncia tu madre cuando llegáis al pie de la escalera, una caverna del tamaño de una habitación totalmente atestada de setas de distintas formas y colores.

Una tenue luz amarillenta mana del musgo que cubre el suelo y algunas partes de los hongos. Apenas distingues una puerta azulada que se alza en el otro extremo de la estancia. No hay señales de movimiento en la cueva, ningún indicio de que esté habitada por seres superiores.

—¿Por qué no hemos sabido nada de Verbena y el conde en todo este rato? —pregunta tu madre—. No creo que estén dispuestos a dejarnos escapar sin tratar de impedirlo.

El padre de Derek se ríe, aunque con cierto nerviosismo.

—No te dejes engañar, Aoweyn. Es evidente que no nos dejarán escapar. Lo que ocurre es que han tomado precauciones porque, después de todo, Garan y Derek han gando la partida, algo que nunca antes había logrado nadie. Quieren asegurarse de que no ganemos también esta batalla. —Mientras habla, mira a su alrededor con curiosidad.

De pronto, detectas un ligero movimiento detrás de una gigantesca seta purpúrea. Escudriñas la amarillenta penumbra, preguntándote si en realidad has visto algo extraño o si se trata de una sombra fugaz proyectada por vosotros mismos en vuestro avance a través del misterioso mundo subterráneo. Las formas y la asombrosa variedad de los hongos que pueblan la estancia resultan desconcertantes, y no estás seguro de poder confiar en lo que ven tus ojos.

—¡Mirad allí! —exclama tu madre señalando con el dedo al otro lado de la caverna—. Esa puerta azul conduce al laboratorio cuando la sala móvil no se interpone.

—¿La sala móvil? —pregunta Gregor—. Nunca he oído hablar de ella.

—No sé exactamente de qué se trata —responde tu madre encogiéndose de hombros y meneando la cabeza—. Verbena y el conde la mencionaron en una ocasión.

—Muy bien, encaminémonos a la puerta azul —declara Derek con impaciencia, apoyado por un signo de aprobación de su padre.

Cuando los demás se dirigen hacia la puerta que hay en el otro extremo de la caverna, te quedas un poco rezagado para examinar las setas sin que se den cuenta. Unos segundos más tarde distingues una forma verdosa que se agita detrás de una hilera de setas coralinas. Está a unos centímetros del lugar donde has detectado el primer movimiento y comprendes que alguien sigue a tu grupo, tomando toda suerte de precauciones para no ser visto.

Luchas contra el impulso de arrancar de su escondite al sigiloso observador y obligarle a explicar por qué os espía. Podría tratarse de un monstruo peligroso y herirte de gravedad antes de que los otros pudieran acudir en tu auxilio.

Quizá sería mejor comunicar al grupo tu descubrimiento, pero al hacerlo pondrías sobre aviso al espía desconocido e incluso podrías precipitar un ataque de Verbena y el conde. Mientras crean que no sabéis que os siguen tendréis una ventaja sobre ellos, y te gustaría conservarla.

Si finjes no haber observado nada y mantienes los ojos abiertos, quizá logres estudiar mejor al intruso y tal vez eso te dé la oportunidad de capturarlo. Pero si esperas demasiado tiempo, es posible que acabéis cayendo en una trampa, una de esas trampas siniestras que sólo podrían concebir Verbena y el conde.

Una vez más, tú debes decidir. ¿Qué vas a hacer respecto al espía que os sigue?

---

1. *Si crees que lo más importante es averiguar por qué os siguen,*
   pasa a la página 20.
2. *Si prefieres contarles lo que ocurre a Gregor y a los otros,*
   pasa a la página 132.
3. *Si decides seguir espiando al espía,*
   pasa a la página 146.

Después de abrir la puerta titubeas, buscando trampas muy evidentes o pistas para el juego. Bajo la oscilante luz de la antorcha, no ves más que los contornos de los muebles de un dormitorio: una cama con cabezal metálico, un gran armario de madera y una cómoda. Junto al lecho hay una pequeña mesa sobre la que descansan una vela apagada y un libro. El muro de enfrente aparece cubierto por pesados cortinajes de seda. No hay nada de aspecto peligroso.

—Entremos y examinemos la estancia —sugiere Derek—. El libro de la mesilla de noche podría revelarnos la clave que necesitamos.

—Merece la pena probar —accedes. Con mucha precaución, sigues a Derek al interior. La puerta se cierra violentamente, sumiendo la habitación en tinieblas.

—¡Estamos atrapados! —exclamas—. ¡Alguien ha cerrado la puerta!

—¡Habéis hecho vuestra jugada, ahora nos toca a nosotros. —La susurrante voz de Verbena surge con total claridad en la penumbra, pero no la ves por ninguna parte. La bruja se ríe y, a continuación, reina el silencio: un silencio siniestro y prolongado, que hace que el frío aguijón del miedo se clave en todos tus huesos. De pronto, rompe la quietud el estruendo de un mueble al estrellarse contra el suelo.

—¿Derek? —murmuras con la esperanza de que sea él el causante del estrépito.

—Intentaba coger la vela para ver algo, y he volcado la mesa en lugar de hacerme con ella —explica Derek. Le oyes revolver el suelo en la negrura—. Necesitamos esa vela; si no vemos a los terrores de la Torre, ¿cómo podremos vencerlos?

—No puede haber ido muy lejos —dices avanzando a tientas en la oscuridad para ayudarle a buscar la vela.

Derek tiene razón. Sin luz seréis presa fácil para cualquier monstruo, incluido el que ha cerrado la puerta y quizá os aguarde en el pasillo. Te agachas para buscar el precioso objeto.

Al pasar la mano sobre la tupida alfombra, tienes la extraña sensación de estar tocando el suave pelaje de un perro o un gato doméstico.

—Esta alfombra es muy cálida, se diría que está viva —farfullas inquieto.

Un ruido, similar al ronroneo de un gato, interrumpe el silencio.

—¿Acabas de oír una especie de ronroneo? —preguntas a Derek.

—Sí —admite tu amigo, y añade dubitativo—: Quizá sería mejor volver al pasillo y enfrentarnos a los peligros que nos acechan.

Tienes dos opciones. Puedes abrir la puerta y arriesgarte a darte de bruces con algún ser siniestro, o seguir buscando la vela en la impenetrable oscuridad.

---

1. *Prefieres enfrentarte a los peligros que os acechan en el pasillo, antes que permanecer en el dormitorio.* *Pasa a la página 56.*
2. *Crees que lo más importante es encontrar una fuente de luz.* *Pasa a la página 113.*

Te tapas los oídos con las manos, convencido de que los pájaros acabarán por cansarse y no tienes más que esperar hasta que cesen de dar vueltas en la densa espiral para continuar con tu misión.

Pero las aves no dan muestras de cansancio; al contrario, su torbellino es cada vez más rápido. El griterío que producen se torna más agudo y atraviesa las manos que mantienes firme sobre tus orejas, desgarrándote los tímpanos y embotando tu mente. El ruido parece penetrar en todos los recovecos de tu ser.

Al fin, cuando piensas que tu capacidad de resistencia está a punto de agotarse y el intenso alboroto no tardará en destrozarte, los pájaros dejan de volar y el ruido desaparece.

Aliviado, intentas bajar las manos; pero no puedes. No puedes mover ninguna parte de tu cuerpo. De pronto, recuerdas que Derek se preguntaba por qué las estatuas de piedra se cubrían las orejas con sus manos o garras, y comprendes lo que ha debido ocurrirles.

Al igual que tú, todos esos seres decidieron taparse los oídos y esperar a que las aves se cansasen y abandonasen su terrible, ensordecedora batahola. Mientras esperaban se convirtieron en estatuas de piedra, también como tú. Sus aventuras —y la tuya— tocaron así a su

Fin

—Deberíamos asomarnos al interior para ver si hay algo que pueda ayudarnos a vencer —dices accionando el picaporte de la puerta azul.

El paño cede con facilidad y entras, seguido de cerca por Derek. Vislumbras una habitación pequeña y desnuda antes de que la puerta se cierre bruscamente, bloqueando la luz de la antorcha del pasillo.

—¿Por qué has cerrado la puerta? —preguntas a Derek, disgustado—. Ahora no se ve nada.

—No he sido yo —responde tu compañero. Su voz tiembla—. Se ha cerrado sola.

Apenas ha pronunciado la última palabra cuando el techo empieza a refulgir con una tenue luz blanquecina, y te asalta la sensación de que la habitación entera se agita en un movimiento descendente.

—¡Salgamos de aquí! —exclamas abalanzándote sobre la puerta. Pero Derek se te ha adelantado y está luchando denodadamente con el picaporte.

—¡No se abre! —gime.

Tu amigo y tú intercambiáis una silenciosa mirada, mientras la habitación sigue bajando.

—¡Tenemos que encontrar la forma de escapar! —apremias.

Como respondiendo a tu grito, la puerta azul se abre con un chasquido y un olor a podredumbre invade la estancia. Pero apenas notas la fetidez, porque estás demasiado ocupado contemplando el mundo de hongos que se despliega ante ti. Lo ves con perfecta claridad gracias a la tenue luz amarillenta que ilumina la caverna entera.

Setas de las más variadas formas y colores se apiñan en la sala, apoyándose en desorden unas sobre otras. Unos grupos de hongos con el parasol anaranjado cubren hileras más bajas de setas coralinas, mientras unos terceros, gigantescos como árboles de tonalidades purpúreas, sobresalen de todos los demás, con sus dedos o ramas extendidos hacia el techo. Sobre el suelo yacen esparcidas algunas setas de colores tostados y pardos. La luz amarillenta procede de un musgo verdoso, que crece sobre los troncos en manchas desiguales y cubre por completo el suelo. Al pasear tu atónita mirada por la cueva, descubres unas gastadas escaleras de piedra que conducen a la oscuridad que se cierne sobre el otro extremo de la sala. Son idénticas a las que viste en el primer piso de la Torre, en la estancia en la que entraste al iniciar tu aventura.

—La escalera descendente debe conducir a esta caverna —dice Derek avanzando.

—¡Espera! —exclamas agarrándole por el brazo antes de que se interne en la cueva de las setas. Tu amigo se detiene, volviéndose hacia ti.

—Nos han traído hasta aquí por algún motivo, y estoy seguro de que nos han tendido una trampa para obligarnos a perder —explicas.

—Es tarde para cambiar de idea. —La voz de Verbena resuena en la misteriosa caverna—. Antes o después tendréis que abandonar la estancia que os ha bajado hasta aquí, y sólo podéis caminar en una dirección.

—Tiene razón —declara Derek—. Además, nunca encontraremos a nuestros familiares si nos quedamos aquí—. Y, sin pensarlo dos veces, avanza hacia el blando y refulgente musgo.

Nadie le ataca y, tras un leve titubeo, le sigues. Derek está en lo cierto. Debes abandonar la habitación móvil, pues de lo contrario nunca darás con una pista para llegar al camino donde se oculta la clave de vuestra victoria.

La puerta azul se cierra detrás de vosotros. Das media vuelta y apoyas la mano en el picaporte, sabiendo en el fondo de tu corazón que no se abrirá. En efecto, la puerta está atrancada.

Pasa a la página 138.

—Suelta a nuestros padres, o tendremos que llamar a Velasco para que no nos arrebates el premio que nos pertenece —exiges, pensando que Velasco debe ser un poderoso diablo o un monstruo que se oculta en algún lugar de la Torre.

—¡Te has equivocado! —exclama el conde triunfante—. Es una lástima que hayáis perdido cuando os hallabais tan cerca de la victoria. —Una de las mangas de su túnica de seda negra apunta hacia las figuras del rey y la reina. Al instante las llamas se elevan en torno a ellas.

—¡No! —protestas, abalanzándote sobre la manga para que cese de atacar a tu madre y al padre de Derek.

—Calma, calma —te amonesta el conde riendo y colocándose fácilmente fuera de tu alcance—. Por desgracia habéis vencido en todas las batallas, así que no puedo convertiros en parte de mi juego. No me queda más remedio que enviaros a casa sin vuestro premios.

Las velas oscilan y sus llamas se extinguen. Se cierne la oscuridad, de tal modo que durante unos segundos no ves nada en absoluto. De pronto, un resplandor de luna se filtra en la penumbra, y distingues los erosionados restos de cuatro paredes y un suelo de piedra de color indefinido. Al alzar la mirada, ves las vigas de un techo olvidado apuntando a la noche estrellada. La estancia del juego, el conde, Verbena y las figuras en llamas han desaparecido, como si nunca hubieran existido.

—¡Estas son las ruinas que hemos examinado antes! ¡Nos hallamos en la torre de nuestro mundo! —exclama Derek a tu lado.

—Después de todo, hemos perdido —dices

con tristeza, contemplando las ruinas que te rodean.

—Pero al menos seguimos vivos —replica Derek asiéndote por el brazo y volviéndote hacia él—. La próxima vez sabremos qué responder cuando el conde nos pregunte el significado de Velasco.

—Sí, pero es demasiado tarde para salvar a nuestros padres —protestas.

—Si el conde Velasco quisiera realmente destruirlos, no nos habría enviado a casa antes de que se quemaran por completo —sugiere Derek.

—Quizá tengas razón —dices sintiendo que la esperanza sustituye en tu corazón a la tristeza—. Estoy seguro de que le encantaría disponer de una nueva oportunidad para derrotarnos en su Torre. ¡Pero la próxima vez rescataremos a nuestros padres!

Fin

—Sigue buscando, Derek —ordenas—. Necesitamos esa vela.

—Ya lo hago —protesta Derek muy tenso—. Tenemos que encontrar alguna fuente de luz antes de que aparezca el terror que el conde planea enviar contra nosotros, pues de lo contrario estaremos en grave desventaja.

—¿Qué te hace pensar que no está ya aquí? —preguntas convencido de que Verbena y el conde tienen algún motivo para haber cerrado la puerta. El terror podría estar acechándote en la oscuridad a pocos pasos de ti, esperando una oportunidad para atacarte.

Pasas los dedos precipitadamente sobre la tupida alfombra, buscando la vela en la impenetrable negrura. Un momento después te detienes, pues has vuelto a oír el ronroneo.

—No estamos solos —dice Derek con voz temblorosa. También él ha oído el extraño ruido—. Pero ¿dónde está esa criatura? ¿Quién es, por qué ronronea?

—Cuando se ha iniciado ese murmullo estaba tanteando la alfombra, tratando de dar con la vela —respondes pensativo, sin dejar de acariciar su mullida superficie como si fuera el pelaje de un perro o un gato—. Alfombra bonita —susurras.

Una vez más, el arrobado ronroneo invade la estancia.

—¡No puede ser la alfombra! —exclama Derek con tono angustiado.

—¿Por qué no? —preguntas. Un largo silencio sucede a tus palabras.

—Tengo que encontrar esa vela —dice al fin Derek—. ¡Ya es mía! —te anuncia unos momentos más tarde—. ¡Y también el libro! ¡Ay!

—¿Derek, estás bien? ¿Qué ha ocurrido? —inquieres poniéndote en pie.

—Todo va bien. Me he golpeado la cabeza contra la cama al intentar levantarme —responde Derek, y añade dubitativo—: Garan, no sé si te has dado cuenta, pero no se oye el ronroneo.

—¡Oh, no! —te lamentas, comprendiendo demasiado tarde que has cometido un grave error al dejar de acariciar la alfombra.

De pronto, la zona donde te encuentras parece elevarse arrojándote al centro de la estancia. Aterrizas encima de algo blando, que se mueve bajo tus pies.

—¡Horror! —exclamas pisoteando el objeto en tu intento de fuga.

—¡Cuidado con lo que haces! —te advierte Derek enfurecido, debajo de ti. Te detienes y preguntas:

—Derek ¿eres tú?

—Eso creo. Al menos lo era antes de que cayeras sobre...

Un sonido silbante inunda la estancia, y la alfombra se eleva con vosotros encima. Intentas incorporarte, pero es como tratar de conservar el equilibrio en una montaña de arena que se agita al menor movimiento. Vuelves a desplomarte sobre Derek, pero no antes de ver, dibujado en el muro, el sombrío marco de una ventana de unos sesenta centímetros de altura por dos metros de anchura.

Te agachas y obligas a Derek a hacer lo mismo en el momento en que la alfombra se desliza en silencio por la abertura. Te acaricia una fresca brisa, y te sientas. Sobre vosotros se extiende la bóveda celeste. Al fondo, a muchos metros, distingues un paisaje familiar.

Derek y tú estáis sobre una alfombra voladora que os arrastra por el cielo nocturno hacia un destino desconocido.

La alfombra no cesa de elevarse, trazando círculos en torno a la Torre. Ves con claridad la azotea y las palomas que duermen en todos los milímetros de espacio disponible. Durante unos instantes estás tan cerca que podrías coger una de las aves, y una sombra de esperanza anima tu pensamiento.

Podrías escapar de la alfombra voladora del conde saltando a la azotea de la Torre.

Pero es difícil incorporarse en la ondeante superficie, y si fallaras en tus cálculos el suelo se encuentra a una distancia mortífera. De todos modos, no te queda otra opción si quieres reanudar el juego y tratar de salvar a tu madre.

---

1. Si decides que saltar es demasiado peligroso, pasa a la página 25.

2. Si prefieres aventurarte a saltar sobre la Torre en lugar de dejarte arrastrar por la alfombra voladora, pasa a la página 130.

La voz te ha aconsejado que te unas a los pájaros, pero no sabes volar. No te queda otra opción para acercarte a ellos que cantar o silbar, y eliges esto último.

Evitando a las aves que revolotean en torno a tu cabeza, te animas a ti mismo a avanzar en dirección al emplumado torbellino y alejarte al mismo tiempo del borde de la azotea. Con cierto nerviosismo empiezas a silbar.

Cuando te aproximas a la espiral, los pájaros dejan de atacarte, y en el centro del torbellino aparece una abertura similar al estrecho marco de una puerta. Respiras hondo y la atraviesas, penetrando en un agradable silencio.

El núcleo del huracán es tranquilo, oscuro y extrañamente acogedor. De pronto, comprendes qué quería decir la voz cuando te recomendó que te unieras a los pájaros; no se refería a cantar o silbar, sino a entrar en el torbellino.

—¡Derek, sígueme! —exclamas con toda la fuerza de tus pulmones sacando la mano por la abertura, que empieza a estrecharse.

Derek esquiva a las aves que se lanzan contra él y aprieta a correr. Al acercarse, la brecha se abre de nuevo, y se arroja a su interior. La abertura se cierra al fin, y quedáis atrapados en el interior del emplumado huracán.

—Nunca pensé que el silencio pudiera ser tan maravilloso —comenta Derek. Aunque la oscuridad reinante te impide verle, tienes la sensación de que está reconociendo el terreno—. Cuando la voz de mi padre nos ha sugerido que nos uniéramos a los pájaros, no se me ha ocurrido pensar que quería que entrásemos en la espiral —añade.

—Bienvenidos, humanos —dice una voz

aguda y susurrante—. Sois los primeros visitantes que tenemos en muchos años.

—Es un poco difícil llegar hasta aquí —responde Derek. Trata de aparentar aplomo, pero percibes su tensión en el ligero temblor de sus palabras.

—¿Quién eres? —preguntas. En la oscuridad no ves sino un remolino de pájaros. ¿Acaso la voz proviene de alguno de ellos?

—Somos los pájaros de la niebla —responde la voz—. Cuando formamos la espiral interminable, somos uno; cuando nos separamos, nos transformamos en muchas aves distintas.

—Me llamo Derek, y éste es Garan —se apresura a contestar tu amigo—. Estamos buscando el camino que no se halla en la Torre, pero debe alcanzarse a través de ella.

—Hemos de descubrir la clave que nos concederá la victoria para recuperar a nuestros padres —añades.

—Como habéis realizado el esfuerzo de hablar con nosotros, os mostraremos el camino —anuncia la voz—. Pero la clave debéis encontrarla vosotros, pues ignoramos cuál es.

Al instante, la espiral empieza a ensancharse. No cesa de abrirse hasta alcanzar un diámetro mayor que la azotea, y se alza a gran altura en el cielo. Entre sus curvas vislumbras las estrellas. La espiral desciende despacio hacia el suelo, de tal modo que el extremo inferior cae más deprisa que el resto, formando un sinuoso camino alrededor de la mole de la Torre.

—¡Así que ése es el camino! ¡Los pájaros *son* el camino! —exclama Derek corriendo hasta el borde de la azotea donde la espiral inicia su serpenteante senda descendente. Te apresuras a seguirle, llegando al borde en el instante en que se asoma al angosto camino.

Desde donde te encuentras ves un delgado cinturón de aves de frágil aspecto, que baja trazando círculos hasta el tejado del edificio rectangular anexo a la Torre, el edificio que alberga la estancia donde se inició el juego hace sólo unas horas.

Titubeas ante la senda. El suelo está muy lejos, y te preguntas si las aves soportarán tu peso. Podrías caer y precipitarte a una muerte segura en la tierra que vislumbras al fondo.

—¡Vamos! —te apremia Derek sentándose en la cima del sinuoso camino. Empieza a bajar despacio, pero toma impulso a medida que se desliza a asombrosa velocidad hasta convertirse en un lejano punto en movimiento.

Los pájaros parecen sostenerle sin dificultad. Además, la bruja dijo que la clave de la victoria se hallaba en el camino y tienes que rescatar a tu madre. Con los dientes rechinando y un atisbo de esperanza, tanteas la angosta senda.

Compruebas que aguanta tu peso, y das un paso hacia adelante. De pronto, empiezas a deslizarte, ganando velocidad. Agitas los brazos en un intento de mantener el equilibrio, pero caes sentado y sigues deslizándote cada vez más deprisa, con el viento silbando en tus oídos.

El claro de luna ilumina los muros de la Torre. De pronto, observas que sus piedras están colocadas en un singular diseño. El camino oculta algunas partes, convirtiendo el diseño en símbolos gigantescos. Aunque arrastrado por el torbellino en la estrellada noche, no puedes dejar de ver las letras que se esculpen ante tus ojos: V-E-L-A-S-C-O.

—Velasco —repites en voz alta. Parece un nombre, pero ¿de quién? ¿Será ésta la clave que has estado buscando?

La rampa termina de forma brusca, y aterrizas con un ruido sordo en el tejado del edificio rectangular. No ves a Derek por ninguna parte. Al ponerte en pie, se abre ante ti una misteriosa trampilla. Asomándote al interior, distingues una carcomida escala de madera que se pierde en la impenetrable oscuridad. Vacilas unos instantes. ¿Debes aceptar esta silenciosa invitación a sumirte en las tinieblas, o buscar otra forma de abandonar el tejado?

Lo más probable es que el juego concluya donde empezó, en el tablero de la sala de juego que se encuentra bajo tus pies. La escalera parece guiarte en la dirección correcta. Pero, por otra parte, la oscuridad que divisas al fondo podría ocultar todo tipo de trampas y monstruos.

---

1. *Si prefieres penetrar en las tinieblas con la esperanza de bajar directamente a la estancia del juego,* *pasa a la página 88.*
2. *Si estás harto de adentrarte en escaleras oscuras,* *pasa a la página 64.*

—Velasco, hemos ganado limpiamente; ahora, sé fiel a las reglas de la magia y concédenos nuestros premios —declaras, pensando que Velasco sólo puede ser el nombre secreto del conde. Te frotas las manos con nerviosismo contra los pantalones, esperando haber acertado. Lanzas a Derek una mirada de soslayo, y ves que está tan preocupado como tú.

Si te equivocas, el conde ha dicho que tu madre y el padre de Derek se consumirían entre llamas; y no te cabe la menor duda de que cumplirá su amenaza.

—¡Habéis hecho trampas! —exclama el conde con voz penetrante—. ¡Sólo yo puedo ganar el juego! Lo concebí de tal forma que nadie lograra vencerme. De algún modo me habéis engañado, y, por lo tanto, quedáis descalificados y yo soy el vencedor.

—Debes someterte a las reglas que tú mismo estableciste, a menos que puedas demostrar en qué hemos hecho trampa, lo cual es imposible porque no es cierto —insiste Derek.

Te vuelves hacia las estatuas del rey y la reina y compruebas que las llamas se han extinguido; pero ellos permanecen inmóviles. Todavía son parte del juego.

—¡No tengo que hacer nada en absoluto! —replica el conde enfurecido.

—Velasco, exijo nuestros premios ahora mismo —declaras con firmeza, mirándole directamente a los ojos y aparentando confianza, aunque todos tus músculos tiemblen. Invocar el nombre secreto del conde es el único medio que tienes para obligarle a liberar a vuestros padres.

Se produce un largo silencio, cargado de tensión.

—Muy bien —accede al fin el conde. Su voz suena gris y apagada; han desaparecido los signos de cólera, y una premonición de peligro hace que el aguijón del miedo se clave en tus vísceras—. Quizá os hayáis ganado vuestros premios, pero ninguno de vosotros vivirá el tiempo suficiente para disfrutarlos. Las reglas del juego no estipulan que deba garantizaros un feliz regreso al hogar. —Al decir estas palabras, se ríe con un malicioso y susurrante chasquido.

—¡Yo me ocuparé de ellos! —exclama Verbena elevando su vara y apuntándote directamente al corazón—. Empezaré por el que más problemas ha causado. —Y diciendo esto, entona unos versos en una lengua extraña que desconoces. Debe estar invocando un hechizo.

—¡Corre! —ordena una voz

Das media vuelta y ves que la figura del rey, el padre de Derek, ha empezado a moverse. De pronto, agarra a Derek por el hombro y le empuja hacia la zona oscura de la sala; pero camina despacio y con cierta torpeza, como si hubiera estado demasiado tiempo en la misma postura. También tu madre se agita, con la preocupación reflejada en sus ojos.

—¡Garan, corre antes de que te maten con esa vara! —exclama intentando avanzar hacia ti.

Titubeas unos instantes, reacio a darle la espalda a la bruja durante el tiempo que tardarías en llegar a la penumbra, pero deseando más que nada en el mundo alejar a tu madre

del peligro. No tienes más opción que huir o atacar a Verbena, y sabes que tu simple fuerza física no puede hacer frente a la magia de la bruja y al conde. Si atacas, es probable que te destruyan.

---

1. *Si decides que un ataque pillará por sorpresa a la bruja y podría concederte cierta ventaja, pasa a la página 58.*
2. *Si lo único que quieres es salir de la estancia del juego con tu madre, pasa a la página 30.*

Ningún peligro desconocido que pueda acecharte detrás del tapiz resultará más aterrador que la sala de la Torre, así que apartas la colgadura y penetras en una refulgente oscuridad. Es como salir a una noche de luna, sólo que no hay luna ni estrellas, ni siquiera muros o suelo. Ante ti se extiende una penumbra vacía, infinita.

Asustado, tratas de retroceder; pero, aunque tus pies responden, no vas a ninguna parte. Luchas con todas tus fuerzas, agitando tus brazos y piernas en un denodado intento de huir de las tinieblas; pero tus esfuerzos son en vano. Estás atrapado, y la llama de tu vela se ha extinguido.

—Conde, aquí tenemos a otro necio que ha entrado en la Torre pero no quiere participar en el juego. —Aunque oyes con perfecta claridad la voz de Verbena, no ves más que la refulgente penumbra sin vida—. ¿Cómo no ha comprendido que tengo salvaguardas para protegerme de cualquiera que intente seguirme detrás del tapiz?

—Es lógico —responde una voz masculina—. No parece muy inteligente. De todos modos será una buena pieza en el tablero y, además, es lo bastante joven para resistir durante cierto tiempo.

—Pero el juego todavía no ha empezado. Su amigo no ha hecho más que formular su deseo: que le devolvamos a su padre y a la madre de este pequeño —protesta Verbena—. Aún no nos hemos divertido a su costa.

—Es cierto. Pasaríamos un buen rato viendo qué puede hacer, si es que puede hacer algo —declara el conde con tono reflexivo—. Devuélvele a la Torre con su amigo.

Los extraños fulgores parecen diluirse, lanzando tenues destellos. Tienes la extraña sensación de girar en un torbellino, más y más deprisa, pero la negrura es absoluta y no puedes ver nada. No sabes si en realidad te mueves o no.

De pronto, aterrizas en un suelo de piedra y te deslizas rodando hasta que te detiene un obstáculo duro pero liso. Sólo tardas unos segundos en descubir que te hallas al pie de un tramo de escaleras.

—¡Oh, no! —susurras—. Debo haber regresado a la sala de la Torre.

—¡No! ¡Suéltame! —exclama una voz asustada en la penumbra cercana. Reconoces en seguida a Derek, y te apresuras a llamarle.

—¿Derek? —murmuras volviéndote en dirección de los gritos. No ves más que tinieblas y temes que tu amigo haya sido capturado por algún terror que yacía agazapado en la sombra.

—¡Me persigue un diablo! —te advierte Derek—. ¿Dónde estás?

—¡Junto a la escalera! —respondes, pese a saber que tus palabras quizá no atraigan sólo a tu compañero, sino también al misterioso ser que le ataca.

Oyes el eco de unas pisadas que corren hacia ti. No tienes más que unos segundos para decidir tu curso de acción, antes de que te alcancen Derek y la criatura que le persigue.

La escalera es tu mejor vía de escape, pero no sabes si subir o bajar por ella.

La bruja miró hacia las alturas al entonar el principio del juego, de modo que la clave de la victoria bien podría estar en la cima de la Torre. Por otra parte, quizá lo mejor sería empezar por el sótano y subir paso a paso para no pasar por alto ningún indicio.

---

1. *Si quieres correr escaleras arriba, pasa a la página 144.*
2. *Si prefieres descender hasta el sótano, pasa a la página 33.*

Sin pronunciar una palabra, avanzas hasta las desvencijadas puertas. De pronto, titubeas: hay algo amenazador en la oscuridad que vislumbras entre las grietas de la madera.

—¿Asustado? —pregunta Derek con tono de burla, justo detrás de ti. Das media vuelta. Jean y él están a escasos centímetros, dispuestos a seguirte al interior de la Torre.

—Tú espera aquí —ordenas a tu hermano. Si ocurre algo, ve al pueblo en busca de ayuda.

—¡Pero Garan...! —empieza a protestar Jean, tratando de rebelarse.

—Alguien tiene que montar guardia en el exterior —le interrumpes—. Derek no conoce el camino de vuelta hasta la aldea, así que has de ser tú quien se quede.

—De acuerdo —accede Jean con reticencia.

Respiras hondo y abres una de las puertas. Los oxidados goznes aún unidos a la madera chirrían ruidosamente, y el paño cede lanzando un gemido casi humano. El fantasmal estrépito asusta a Jean, que emite un ahogado suspiro; pero decides no volverte, pues no quieres que la expresión de tus ojos delate tu miedo ante tus compañeros.

Las tinieblas del interior del edificio son tan intensas, tan negras, que tienes la impresión de que podrías estirar la mano y coger un puñado. Alargas las pierna con gran precaución, tanteando el terreno para comprobar si sostiene tu peso.

De momento, todo va bien.

Das un paso y te encuentras dentro del recinto, envuelto en una penumbra fría y húmeda. Vislumbras el cielo a través del agujero que se abre en el lugar donde en un tiempo estuvo el tejado del edificio principal. Sobre ti se yergue la impenetrable oscuridad de la Torre.

Exhalas el aire que habías acumulado en tus pulmones al oír los pasos de Derek, que ha entrado detrás de ti. Quizá haya sido una tontería sentir miedo.

De pronto, surge de la nada un viento frío, que azota vuestra ropa y cierra la puerta con estruendo. Das media vuelta y te precipitas hacia la puerta, pero te estrellas contra Derek.

Mientras forcejeáis para desenmarañaros, oyes la voz de tu hermano pronunciando tu nombre. Pero la voz se disipa, como si Jean se alejara a toda velocidad. Una segunda brisa, esta vez cálida impregnada de aromas de flores, os acaricia el rostro.

«Bienvenidos», parece susurrar el viento.

Empujas la puerta, pero no se mueve. Empiezas a golpearla frenéticamente, diciéndote que es la misma que acabas de abrir. Es el mismo paño agrietado y carcomido que ha cedido sin dificultad unos segundos antes.

—¡Escucha! —exclama Derek de pronto.

Aguzas el oído, pero no detectas más que silencio... un silencio lleno de presagios.

Pasa a la página 66.

Te incorporas con cuidado y empiezas a avanzar hacia el borde de la alfombra, decidido a saltar. Es como mantener el equilibrio en una hamaca colgada entre dos árboles, salvo que ésta es grande y se desplaza por el aire.

Sin embargo, tienes que tratar de alcalzar la azotea de la Torre. No te queda otra opción si quieres seguir jugando para salvar a tu madre; y debes hacerlo rápido, de lo contrario te alejarás demasiado para saltar sin lastimarte.

—¡Garan, no! —exclama Derek al ver lo que te dispones a hacer—. ¡Es imposible! ¡Caerás al vacío!

Estira la mano para obligarte a retroceder, pero cuando sus dedos rodean tu muñeca, una repentina ráfaga de viento te empuja hacia adelante. Pierdes el equilibrio en la inestable alfombra y te deslizas sin poder evitarlo hasta el borde, arrastrando a Derek contigo. Tu amigo suelta tu muñeca, pero es demasiado tarde. El peso acumulado en un extremo inclina la alfombra y os precipitáis en el aire.

Los pájaros se apartan graznando de vuestro camino, y aterrizáis con un doloroso golpe sobre una gruesa capa de viejos nidos.

—¡Estamos en la Torre! —exclama Derek sin aliento—. No sé cómo, pero lo hemos conseguido.

Te pones en pie despacio y examinas tu entorno.

Pasa a la página 44.

—Alguien nos sigue —anuncias en voz alta, pensando que es mejor advertir a los otros cuanto antes, aun a riesgo de poner sobre aviso al espía que os acecha oculto tras las setas, y que de ese modo sabrá que has detectado su presencia.

—¿Cómo? —pregunta Gregor volviéndose hacia ti—. ¿Dónde está?

—¡Ahí va! —exclama Derek señalando con el dedo una sombra que, vestida con camisa verde y pantalones de tartán, corre a toda velocidad en pos de la escalera por la que habéis bajado.

—¡Atrapadle antes de que informe de nuestro paradero a Verbena o al conde! —ordena Gregor emprendiendo la persecución del misterioso espía sin esperar vuestra reacción.

—¡Espera! —te dice tu madre, pero ya has recorrido media caverna y le estás ganando terreno a la figura de la camisa verde. Cuando el espía ha apretado a correr te encontrabas alejado de la puerta y más próximo a él que los otros, por lo que has tomado la delantera en su caza y captura. Dentro de unos segundos te habrás acercado lo bastante para detenerle. Mientras avanzas, te preguntas por qué tu madre te habrá ordenado esperar.

Cuando tienes casi al alcance de la mano la camisa verde, una repentina premonición te impulsa a alzar la mirada; ves a la bruja Verbena con su negra túnica ondeando a escasa distancia en la oscuridad. Su vara apunta directamente hacia ti.

Haces un desesperado esfuerzo para detenerte y buscar protección tras el hongo más próximo, pero es demasiado tarde. Una llama brota en la punta de la vara negra de la bruja y se lanza contra ti, causándote un fulminante dolor en el pecho.

—¡Garan! —exclama Derek.

—¡Ha matado a Garan! —se lamenta tu madre—. ¡Ha matado a mi hijo!

De pronto tu entorno se disuelve en una silenciosa oscuridad.

Fin

—Han necesitado nuestra ayuda para salir del juego, y quizá la necesiten aún más ahora, cuando van a enfrentarse con la fuente de la magia del conde —le dices a Derek—. No podemos dejarles solos.

—Estoy de acuerdo. ¡Vamos! —responde tu amigo.

Cerrando los ojos, traspasas la puerta azul. Como la mayoría de las ilusiones, sólo constituye una barrera cuando la ves, de modo que atraviesas sin dificultad el paño aparentemente sólido.

Sin embargo, te produce un gran sobresalto abrir de nuevo los ojos y comprobar que te encuentras al otro lado de la puerta, en una nueva caverna cuya existencia ignorabas. Derek te sigue y se detiene junto a ti, contemplando boquiabierto el laboratorio del conde. Ninguno acierta a hablar.

Las rugosas paredes de piedra de la caverna están cubiertas de estantes llenos de frasquitos y otros instrumentos mágicos. Observas un vial de pequeños ojos con la etiqueta «tritones». Junto a él hay una mano clasificada como «mago Kantor».

Unas antorchas sujetas a los soportes de los estantes derraman sobre la estancia una luz tenue, como si sus llamas fueran amortiguadas por el ambiente de la caverna. Cerca del muro descubres un altar construido en piedra negra semitransparente. Sobre él yacen una daga opalina y un grueso volumen que sólo puede ser un libro de magia.

Tu madre y el padre de Derek están en el centro de la caverna, estudiando una gigantesca polea. Unas sólidas cuerdas accionadas por enormes ruedas de madera se pierden en la penumbra de un pozo abierto en el techo. Desde vuestra posición no podéis ver qué hay en el misterioso pozo.

—Cuando la habitación móvil está aquí abajo, cualquiera que atraviese la puerta azul se encontrará en su interior y será elevado sin llegar a sospechar que el laboratorio existe —explica Gregor alzando la mirada hacia la parte superior del pozo. Tu madre asiente y añade:

—Y como la habitación está ahora arriba, debemos creer que el conde quiere que descubramos su laboratorio.

—Lo que significa que el conde está convencido de que nunca sobreviviremos al terror desconocido —concluye Gregor.

—Me alegro de haber dejado fuera a los muchachos —dice tu madre lanzando una mirada a la puerta. Cuando os ve, abre los ojos muy asustada y pregunta—: ¿Qué hacéis aquí? ¿Por qué no nos habéis esperado, tal como os ordenamos?

—Pensamos que quizá necesitaríais nuestra ayuda —respondes.

—Así es —corrobora Derek.

—¡Es demasiado peligroso! —exclama Gregor volviéndose enfurecido—. El terror desconocido podría aparecer en cualquier momento.

—¡Ocultaos! —le interrumpe una voz susurrante, que resuena en mil ecos por la caverna y parece proceder de todos los muros a la vez. Aunque escudriñas la penumbra, no ves a nadie—. ¡Ocultaos! —repite la voz, en tono más apremiante—. ¡El terror desconocido se acerca!

De pronto, la luz de las antorchas se extingue

y un murmullo de voces aterrorizadas invade la caverna. Oyes un extraño movimiento, como si centenares de criaturas corrieran cegadas por la negrura y el pánico. La brisa que levantan en su confusa carrera te eriza el cabello, pero no sientes ningún empellón ni oyes el ruido de sus pisadas.

El pánico reinante alimenta tu miedo, haciendo que cobren vida tus terrores más secretos y poblando las tinieblas de todas las inquietudes que sólo lo desconocido puede producir. Quieres correr, huir de los terribles temores que te recorren el cuerpo y te hielan la sangre, pero no puedes abandonar a los otros.

—Debo quedarme y ayudarles lo mejor que sepa —te dices a ti mismo una y otra vez. Te preguntas si tus compañeros estarán tan asustados como tú.

A los pocos segundos oyes un ruido sordo pero acompasado, como si alguien caminase hacia vosotros con paso firme y lento al mismo tiempo. Su eco resuena en la caverna, y tienes la impresión de que un monstruo gigantesco avanza en la penumbra dispuesto a devorarte. Tu primer impulso es atravesar de nuevo la puerta a la mayor velocidad posible.

—¡El terror forma parte del hechizo! Debéis permanecer unidos y hacerle frente —ordena una voz. Parece la de Gregor, pero no estás seguro. El miedo ha alterado el ritmo de tu sangre, como si hubieras corrido hasta el agotamiento; se agolpa en tu cabeza de tal modo, que apenas oyes más que tus propias palpitaciones. Quizá puedas ocultarte, aunque el único escondite que ves en el laboratorio es detrás del altar. Claro que, por otra parte, cabe la posibilidad de obedecer a Gregor y presentar batalla al terror desconocido, exponiéndote a morir en el intento.

---

1. *Si decides que la mejor posibilidad de salvarte es que te ocultes detrás del altar,* *pasa a la página 143.*
2. *Si piensas que enfrentándote al terror desconocido puedes romper el hechizo y obtener la libertad de todos,* *pasa a la página 15.*

Un círculo luminoso aparece en la puerta, delante de vosotros. En su interior se forma una imagen. Ves cómo poco a poco se va perfilando el gigantesco tablero de juego con las estatuas de tamaño natural. Los dos pajes con máscara de plata avanzan por las casillas blancas y negras hasta detenerse en una de estas últimas, aquella en la que se encuentra el enano de la máscara negra y el hacha de guerra.

—Habéis hecho vuestra jugada, pequeños; ahora nos toca a nosotros. —La pérfida risa de Verbena parece surgir de todos los rincones.

El enano da un paso al frente blandiendo su hacha; un instante después la imagen desaparece, precisamente cuando el paje más próximo se disponía a bloquear su ataque. Miras a Derek y dices:

—Supongo que eso significa que vamos a tropezar con un enano.

—Llamado Montgomery, ¡hip! —responde una voz ronca y confusa.

Das media vuelta con el corazón a punto de estallar, y ves a una pequeña figura cubierta con una capa negra. Tiene los ojillos negros y redondos, la nariz muy colorada y la piel pálida. Bajo la capa viste un uniforme de raso, de vivas tonalidades rojizas. Al parecer no porta armas y se balancea de forma ostensible.

Comprendes que te enfrentas a un enano, ebrio para más señas.

«No tiene un aspecto muy peligroso», piensas. De pronto, recuerdas la escena que se ha desarrollado en el círculo luminoso y le observas con mayor atención. Aunque se bambolea con violencia, no tiene los ojos vidriosos de un

borracho. Al contrario, os contempla con serenidad y una cierta expresión de astucia.

—¿Qué quieres? —pregunta Derek a la extraña y achaparrada figura, mientras tú la examinas en silencio.

—A mi ¡hip! a mi rey —responde el enano—. Estoy buscando ¡hip! a mi rey.

—¿Tu qué? —exclama Derek asombrado.

Miras atónito al enano, preguntándote de qué habla. ¿Qué rey? Además, ¿qué tiene que ver su rey con la búsqueda de tu madre? Esperas que el conde os ataque de un momento a otro para impedir que ganéis la partida, pero eso no guarda la menor relación con un rey.

¿O quizá sí? Es posible que el enano quiera tenderos una trampa utilizando una historia falsa sobre un rey.

—Mi rey está ¡hip! en algún lugar no muy lejano —prosigue la enigmática criatura, escudriñando la estancia como si esperase que el monarca surgiera de un momento a otro de detrás de una seta.

—¿Tu rey está en esta caverna? —inquieres.

—Quizá —responde Montgomery, sin dejar de balancearse—. Pero también es posible ¡hip! que no. A lo mejor le he encontrado antes aquí mismo. —Mientras habla, te mira con cierta solemnidad—. Estamos en ¡hip! una cueva mágica, ¿no lo sabías? Una vez la abandonas, no recuerdas haberla visto nunca. Se borran de tu mente hasta los más ¡hip! mínimos detalles.

—Me parece estupendo —interfiere Derek—. No es un lugar del que pueda guardarse un recuerdo agradable.

—¿Dónde crees que está tu rey? —preguntas.

El enano clava sus ojos en ti, inclinándose hacia adelante y estudiando tu rostro con aire ausente, como borracho; pero su aliento no huele a alcohol. Te preguntas con desasosiego si finge hallarse en estado de embriaguez para tratar de engañaros sobre los motivos que le han traído hasta aquí.

—Sé que el conde tiene planeado ¡hip! sacrificar a mi rey a los poderes de las ¡hip! tinieblas esta misma noche, así que no puede estar muy lejos. Le ¡hip! encontraré. Y vosotros, ¿qué hacéis en esta cueva?

—Buscamos a nuestros padres —responde Derek. El rostro del enano se ilumina al oír las palabras de tu amigo.

—Entonces —dice— me ayudaréis a encontrar ¡hip! a mi rey.

—Primero debemos terminar el juego —protestas.

—Pero no tardaremos mucho tiempo en rescatar a mi rey —responde el enano con tono suplicante—. Por favor, ¡hip!, ayudadme.

Le observas dubitativo. Recuerdas con total claridad la escena del tablero de juego que has visto hace sólo unos instantes en el círculo luminoso, donde el enano atacaba a un paje. Sin embargo, este extraño personaje no ha levantado la mano contra ninguno de vosotros. Sólo os ha rogado que le ayudéis a salvar a su rey.

Por otra parte, te preguntas si su historia no será en realidad una trampa urdida por el conde, una trampa tan mortífera como una espada. Reflexionas sobre el hecho de no haber olido a alcohol en el aliento del hombrecillo, pese a que actúa como si estuviera ebrio.

—Por favor, ayudadme a salvar a mi rey —repite el enano viendo que se prolonga el silencio.

¿Debes prestar auxilio a este enano desconocido a pesar de su sospechosa historia, o continuar con el juego y tratar de salvar a tu madre?

Tú eliges.

---

1. *—Lo lamento, pero no podemos ayudarte. Derek y yo tenemos que encontrar a nuestros padres —dices.*
   Pasa a la página 84.
2. *—De acuerdo, te ayudaremos. Pero no por mucho tiempo —respondes.*
   Pasa a la página 75.

Caminas a tientas hasta el altar, y te agazapas tras él. El ruido que produce el terror desconocido se acerca a gran velocidad. Piensas que si te enfrentases a él morirías inútilmente, como les ocurrirá a los otros si no se esconden.

El altar empieza a brillar con una extraña luz negra, y lo contemplas fascinado. De pronto, te sientes atraído por el peculiar resplandor, diluyéndote y alimentándole con el flujo de tu energía vital.

Percibes la presencia, los miedos de otros que como tú han penetrado en la Torre a lo largo de los siglos, y, al instante, comprendes la verdad.

La fuente de la magia del conde es el temor de lo desconocido, de la oscuridad y de los terrores imaginarios que viven atrapados en la piedra negra del altar. Es una fuente que se surte y se enriquece con los temores de quienes han participado en el juego. Ha sido tu miedo al terror deconocido lo que ha alumbrado al altar para que pueda absorber tus fuerzas vitales mientras permaneces oculto tras él.

No sabes cómo has descubierto el secreto, pues en este extraño lugar no existen las palabras; sólo anida un miedo intenso, como si los terrores de cien seres distintos se hubieran acumulado en la luz negra.

Quizá algún día logres escapar de este mundo misterioso, pero de momento deberás permanecer en el universo del miedo.

Fin

Aprietas a correr escaleras arriba, atravesando una penumbra tan intensa que tienes la sensación de nadar en tinta negra. Derek avanza detrás de ti, a escasa distancia, perseguido por la extraña criatura.

De pronto, parece saltar sobre ti, un fulgor rojizo, cegándote durante una angustiosa fracción de segundo. Llegas a un rellano y te encuentras ante una puerta colorada con una antorcha encendida a su lado. En el centro del paño aparecen dibujados unos símbolos negros, que reconoces como mágicos gracias a tus estudios sobre este arte. Intentas recordar el significado de los símbolos, pero el diablo está muy cerca y no consigues concentrarte.

—¡Dice «hidra»! —exclama Derek tirando de ti hacia la escalera. Lanzas una mirada atrás y vislumbras el brillo de unos ojos rojizos en la impenetrable oscuridad que os envuelve.

El monstruo que ha perseguido a Derek escaleras arriba os gana terreno a gran velocidad. Debes actuar en seguida, de lo contrario os atrapará y el juego habrá concluido casi antes de empezar.

¿Qué hacer? Podrías seguir subiendo con la esperanza de sacar distancia a la criatura que os acosa en la oscuridad. O quizá tengas la oportunidad de valerte del engaño para obligar al monstruo a entrar en la habitación de la hidra, liberándote de ambos peligros de forma definitiva.

También te queda la opción de penetrar en la estancia. Después de todo, sólo tienes la palabra de Derek de que los símbolos significan «hidra» y apenas sabes nada de él. A decir verdad, ha guardado un sospechoso silencio respecto a su padre y sus motivos para adentrarse en la Torre.

---

1. *Piensas que lo más fácil es seguir corriendo para tratar de alejarte del monstruo que os acosa.*
   Pasa a la página 94.
2. *Aunque tratar de atrapar al diablo es tremendamente peligroso, decides correr el riesgo.*
   Pasa a la página 70.
3. *No estás convencido de poder confiar en Derek, y tomas la decisión de entrar en la estancia de los símbolos.*
   Pasa a la página 27.

Mientras sigues a los otros hacia la puerta azul, no dejas de vigilar las setas. Si el espía desconocido pretende observar todos vuestros movimientos, tendrá que desplazarse de un escondite a otro y, antes o después, se presentará la ocasión de verle.

Al fin, cuando tu grupo se detiene ante la puerta, el enigmático ser sale de detrás de un hongo y puedes observarle en su carrera. Se trata de un hombrecillo achaparrado, que viste camisa de lana verde y pantalones de tartán, estampados en vivos colores. «Un gnomo, más diminuto de lo habitual —piensas—. No parece peligroso.»

—La puerta está cerrada —declara el padre de Derek—. Sin duda, forma parte de un hechizo mágico.

Mientras habla Gregor, el gnomo empieza a retroceder hacia la escalera. Sorprendido, ves cómo se desliza escurridizo entre las setas sin oír lo que dicen tus compañeros; estás demasiado ocupado tratando de averiguar por qué ha dejado de espiaros. Sin duda, guarda relación con la puerta, pero no aciertas a adivinar qué motivos le mueven.

Te vuelves hacia los otros y compruebas que están muy atareados intentando hallar la forma de abrir la puerta azul.

—No se darán cuenta si les abandono unos minutos —te dices, y sigues al gnomo.

Tomando las debidas precauciones para que el gnomo no pueda verte si vuelve la mirada atrás, avanzas en silencio por la penumbra amarillenta. Un momento después, vislumbras a unos pasos de distancia la camisa verde y los pantalones de tartán. Junto a ellos, con su ropaje negro diluido en la oscuridad de la es-

calera, se yergue Verbena. El gnomo se ha detenido y hablan en voz baja.

El curioso enano debe haberos espiado por orden de la bruja.

—Tengo que averiguar qué se proponen —farfullas.

La sangre se agolpa en tus venas, y debes realizar un deliberado esfuerzo de voluntad para acercarte, despacio y con gran sigilo, a la escalera. Unos segundos más tarde acortas la distancia lo suficiente para oírles; agachándote, te deslizas hasta una gigantesca seta purpúrea próxima al lugar donde se encuentran.

—... directamente hasta la puerta azul —está diciendo el gnomo.

—¡Perfecto! —La susurrante voz de Verbena denota una inmensa satisfacción—. Allí es donde los hechizos del conde resultan más efectivos. Lo único que debo hacer ahora es asegurarme de que no entren en la habitación móvil en lugar del laboratorio.

—¿No temes que encuentren la fuente de la magia del conde y la destruyan? —pregunta el gnomo, al parecer con cierta inquietud—. Si eso ocurriera, dejaríamos de existir.

—Aunque sobrevivan al terror desconocido, el conde acabará con ellos —le tranquiliza la bruja—. Puedes irte, tu trabajo ha concluido.

Oyes un ruido sordo, seguido por un murmullo de ropa. Asomas un instante la cabeza por detrás de la seta y ves que Verbena se aleja escaleras arriba. El gnomo ha desaparecido. Con suma precaución te incorporas y te dispones a volver con tu grupo, esperando que a Verbena no se le ocurra girarse.

—Garan, ¿dónde estás? —La preocupada voz de tu madre rompe el silencio. Al fin, los otros se han percatado de tu ausencia y te están buscando. La bruja no tardará más que unos segundos en enterarse de que no estás con ellos, y no le será difícil dar con tu paradero.

Das media vuelta y aprietas a correr, zigzagueando entre las setas por si Verbena te apunta con su vara. Oyes el siniestro chasquido de su risa, pero no aparecen detrás de ti agujeros humeantes como ocurrió en la estancia del juego. Llegas al fin junto a tus compañeros y, con la voz entrecortada por el esfuerzo, les cuentas lo que has oído.

—Así que quieren que encontremos el laboratorio —dice Gregor pensativo, contemplando la puerta azul. Sabes que piensa que el terror desconocido debe ser muy peligroso. El conde no permitiría nunca que encontraseis la fuente de su poder si no estuviera seguro de que no sobreviviréis para destruirlo.

—Esperadme aquí —prosigue Gregor—. Si no he regresado dentro de media hora, tendréis que traspasar la puerta y buscarme.

—Vosotros dos no haréis más que interponeros en nuestro camino si nos acompañáis —declara tu madre dándote un precipitado abrazo y avanzando hacia la puerta.

—¿Nos? —repite Gregor mirándola—. ¿Qué te hace pensar que vas a ir conmigo?

—Ya te he advertido antes que no dejaré que te enfrentes en solitario al ataque del conde —responde tu madre con firmeza—. Sin ayuda no podrás vencer al terror desconocido. Y ahora —añade—, si no te he comprendido mal, para atravesar la puerta basta no verla. —Tu madre cierra los ojos y desaparece a través del azulado dintel, en pos de los misterios que la aguardan al otro lado.

—¡Espera! —exclama Gregor cerrando también los ojos y siguiéndola.

Derek y tú intercambiáis una rápida mirada.

—Quieren que esperemos aquí —dice tu amigo.

¿Debes seguir a tu madre y al padre de Gregor o esperar, como os han ordenado? Quizá tengan razón y no hagáis sino estorbarles aunque tratéis de ser útiles. Por otra parte, sin vosotros no habrían escapado nunca del juego.

---

1. *Si quieres traspasar la puerta azul y ayudar a tu madre y a Gregor en todo lo que esté en tu mano,* *pasa a la página 134.*
2. *Si prefieres mantenerte al margen como te han ordenado,* *pasa a la página 53.*

—Pero ¿cómo curaremos a mamá? —pregunta Derek desalentado—. ¡Al fin y al cabo, para eso entraste en la Torre!

—Antes de penetrar en la Torre estudié a fondo todos los detalles que pude averiguar del juego —responde Gregor con expresión de tristeza—. Estaba seguro de saber más que suficiente para ganar, pero creía que el conde sería fiel a su palabra y me cogió desprevenido cuando me acusó de hacer trampas.

«Aunque luchemos con todas nuestras fuerzas, hay cosas que no podremos cambiar, porque están escritas en las alas del tiempo y debemos aceptarlas. Me temo que ésta es una de ellas, y que no nos resta sino volver a casa.»

Rodea con su brazo el hombro de Derek y emprendéis el regreso. Al poco rato, cuando avanzáis por el bosque, Derek y tú os quedáis rezagados tras los adultos.

—Gracias, Garan —te susurra tu amigo—. Pensaba intentarlo solo, pero nunca habría recuperado a mi padre sin tu ayuda.

—Ni yo habría rescatado a mi madre sin la tuya —respondes. De pronto, Derek te da unas palmadas en el hombro y dice:

—Oye, Garan, ¿no te gustaría volver algún día para explorar las ruinas de la Torre?

—*¿Qué?* —gritas antes de ver la sonrisa que se ha dibujado en sus labios—. Me hiciste entrar una vez en ese siniestro edificio y creo que ya he tenido más que suficiente.

Fin

—La clave de la victoria debe estar en lo alto de la Torre —dices trepando por la infinita oscuridad que se cierne sobre ti. Te duelen los músculos de las piernas a causa del largo y penoso ascenso, pero aprietas los dientes y te dices a ti mismo que debes continuar, de lo contrario nunca vencerás ni recuperarás a tu madre.

De pronto, tan de improviso como antes, tropiezas con otra puerta. También junto a ésta arde una antorcha en su soporte, pero su paño es azul y en él aparece pintada una flecha negra apuntando hacia abajo.

—No me gusta la dirección de esta flecha —comenta Derek.

—Ni a mí —respondes, preguntándote si debes abrir la puerta para comprobar si hay algo en el interior que pueda ayudarte a ganar la partida.

---

1. Si crees que la flecha es un mal presagio y decides ignorar la puerta, *pasa a la página 34.*

2. Si piensas que no puedes pasar por alto ninguna oportunidad y debes averiguar qué hay en el interior, *pasa a la página 108.*

Manteniendo la mirada apartada, corres hacia el lugar donde oíste por última vez la susurrante voz del conde; no quieres arriesgarte a contar con la ayuda de la daga para tratar de evitar que te congele. No eres mago, y tus conocimientos sobre este tipo de poderes son escasos.

—¿Qué...? —empieza a decir el conde, deteniéndose de forma brusca cuando tus manos rozan la tersa suavidad de su túnica. Por el rabillo del ojo ves un resplandor de luz, y te recorre el cuerpo un extraño hormigueo. De pronto, descubres que estás paralizado, incapaz de mover un solo dedo.

—La túnica es lo que mantiene íntegra toda mi esencia —te explica el conde—. Al igual que yo, es mágica, y mi magia es mucho más poderosa que la tuya.

Durante un instante te preguntas atónito de qué está hablando. Tú no tienes magia. ¿O quizá sí?

La magia del conde se basa en el miedo. La Torre, con sus tinieblas y sus monstruos desconocidos, ha sido concebida para sacar a relucir los temores ocultos de cada jugador. Cuando te has enfrentado a esos terrores, siempre has hallado el medio de derrotarlos. Quizá tu magia radique en tu valor para desechar tus miedos, para verlos con claridad y acabar con ellos.

Si eso es cierto, debes afrontar el miedo que te inspira el conde y presentar batalla a sus poderes.

—No me asusta —te dices tratando de convencerte—. ¡Puedo sobreponerme a su magia!

Tu pensamiento se agita febrilmente buscando una idea, un plan. ¿Cómo puedes...?

Pero ¡alto! El conde acaba de decir que su túnica es mágica y mantiene unida su esencia.

«Si consigo arrancarle la túnica, quizá se debilite y quede roto su hechizo paralizante. Entonces podría hallar el medio de liberar a los otros», piensas.

La excitación hace que la sangre fluya más deprisa por tus venas. Reúnes toda la fuerza que anida en tu cuerpo y, concentrándote en mover tus músculos inertes, consigues bambolearte y caer de espaldas al suelo con un pliegue de la túnica del conde afianzado en tu mano.

—¡No, no! —exclama tu adversario, esta vez con desesperación.

Sientes que la parálisis abandona tus miembros. Despacio, te pones en pie y escudriñas el lugar donde hace unos segundos se erguía el conde.

No ves más que unas nubecillas de humo negro que se disuelven cuando agitas la mano. La túnica de seda yace arrugada en el centro de la caverna. A su lado refulge el collar de plata.

—Nos has liberado de su hechizo —susurra Gregor detrás de ti.

Te vuelves y compruebas que empieza a caminar, al principio con rigidez, pero a los pocos segundos con paso firme. También tu madre se está recuperando de la terrible ráfaga congeladora.

—Escuchadme —advierte Gregor—. El conde no ha sido destruido, pero necesita tiempo para recobrar su integridad. Si actuamos con rapidez, quizá logremos eliminar la fuente de su magia antes de que se recomponga y vuelva para detenernos. —Avanza hasta un estante y coge un pequeño vial de polvillo negro, que se apresura a esparcir sobre el altar.

—Con un poco de suerte, este polvo transformará el altar en un montón de piedras —explica Gregor—. Cuando destruyamos la fuente, el poder que mantiene vivos a los principales hechizos del conde desaparecerá con ella. —Mientras habla, coloca el extremo de una larga cuerda en la mesa y el otro en el suelo—. Si mi experimento da resultado, y espero que así sea, pronto podremos atravesar esa puerta y encontrarnos de nuevo en nuestro mundo.

Lanza una mirada hacia Derek, que empieza a mover torpemente la cabeza.

—Cálmate, hijo —le dice con dulzura—. Estabas cerca de la daga cuando el conde te atacó con su mirada, y esa circunstancia aumentó de forma considerable el poder del hechizo. ¿Alguien tiene pedernal? —añade, volviéndose hacia vosotros.

Te apresuras a darle el tuyo.

—Coged a Derek y salid de aquí, pero guardaos de tocar la túnica o el collar del conde. Su magia puede ser peligrosa —ordena Gregor.

Te pasas por el hombro el brazo de Derek y lo arrastras hasta la puerta azul. Gregor empieza a frotar el pedernal para encender el cabo de cuerda depositado en el suelo.

—¿Qué crees que estás haciendo? —pregunta la susurrante voz del conde, mientras la túnica de seda negra se alza junto al dintel de la puerta azul. Vuestro adversario se ha recuperado y se cubre de nuevo con sus ropajes habituales. También el collar vuelve a rodear su cuello.

El choque del pedernal contra la piedra resuena en el repentino silencio. A los pocos se-

gundo oyes brotar la chispa seguida del silbante ruido que produce la cuerda al arder.

—¡No! —exclama el conde desapareciendo de forma abrupta.

—¡Demasiado tarde! —declara Gregor con aire triunfante. En efecto, al cabo de unos instantes hay una fuerte explosión, como una traca en unos fuegos de artificio, y el altar se desmorona.

—¡Vámonos! —ordena Gregor corriendo hacia vosotros y agarrando a Derek por el brazo libre—. Aunque hemos destruido la fuente de su poder, el conde podrá invocar algunos hechizos mientras conserve el collar.

Traspasas presuroso la puerta azul, arrastrando a Derek contigo. Tu madre os sigue, lanzando furtivas miradas atrás para prevenir un ataque inesperado. Tu amigo se recupera en la carrera. Unos minutos después, os halláis los cuatro en el exterior de la Torre, de nuevo en vuestro mundo.

—Estaba convencida de que nunca volvería a ver este lugar —murmura tu madre con la mirada perdida en el bosque. Luego alza la vista hacia la Torre, una mole negra y ruinosa que se perfila en el rojizo resplandor del sol naciente.

—Pasará mucho tiempo antes de que el conde recobre una mínima parte del poder que una vez tuvo —declara Gregor, ya totalmente tranquilo—. Dudo que vuelva a molestarnos.

Pasa a la página 151.

INDICE DE SERES Y MONSTRUOS

Hidra: Monstruo parecido a un dragón con el cuello alargado y los ojos llameantes. Cuando se le arranca una cabeza, brotan dos en su lugar. Ataca con un movimiento rápido, similar al de una serpiente.

Pájaros de la niebla: Aves mágicas que se funden en una espiral, formando un solo cuerpo. El torbellino que provocan al unirse resulta destructivo si se observa desde el exterior, pero si se penetra en su centro se pueden obtener importantes revelaciones.

JUEGO DE FANTASIA
Role - Playing

Dungeons & Dragons es el mejor camino para entrar en el mundo del «role-playing». La serie se inicia con el juego Base-1 para ampliar cada vez con aventuras más apasionantes y divertidas hasta alcanzar los niveles Medio y Avanzado, en los que la emoción y las más terroríficas aventuras se suceden sin dejarle un momento de respiro.

DALMAU CARLES, PLA, S. A.

JUEGOS EDUCATIVOS · ESFERAS · CARTOGRAFIA · ARTES GRAFICAS

17002 GIRONA - Joan Maragall 34 - T.: 972/203750

Colección
AVENTURA SIN FIN
de DUNGEONS & DRAGONS®
Títulos publicados

1. Las Cavernas del Terror
2. La montaña de los Espejos
3. Las Columnas de Pentegarn
4. Retorno a Brookmere
5. La Rebelión de los Enanos
6. La Venganza de los Dragones del Arco Iris
7. El Dragón Negro
8. Las Alas del Dragón
9. El Tesoro del Rey
10. El Castillo de las Pesadillas
11. La Guarida del Cadáver Errante
12. La Torre de las Tinieblas